文春文庫

軀（からだ） KARADA

乃南アサ

文藝春秋

contents

臍（へそ） 7
血流 63
つむじ 121
尻 181
顎（あご） 237
解説　朝宮運河 288

軀（からだ）

KARADA

臍（へそ）

1

「お父さんに、聞いてみないと」

コーヒーカップをテーブルに戻しながら、愛子は微かにため息を洩らした。途端に「またあ」という声が返ってくる。目の前にいる未菜子の顔が、はち切れんばかりの膨れっ面になった。

「どうしていつも、お父さん、お父さんなわけ？　それぐらい、いいじゃんよ」

「そういうわけに、いかないの」

未菜子は、またもや「またあ」と、心の底からうんざりしたような声を上げ、テーブルに片肘ついてそっぽを向いた。

「いっつも、そうなんだから」

「しょうがないでしょう？　隠してなんか、おけないもの」

「おけるじゃないよ。顔の整形をしようって言ってるんじゃないんだよ、お臍だよ、お、へ、そ」

「それだって、身体をいじるっていうことでしょう。そんな重大なことを、お父さんに隠したままでなんて、お母さん、とても出来ないもの。第一、いくらかかるのよ。二万や三万で済むわけじゃあ、ないんでしょう」

「でも、学割が利くんだって。十二万」

「十二万？　そんなに？」

「保険がきかないから、しょうがないんだって。それでも、普通なら二十万もかかるんだってよ。でも、そこは色んな割引サービスがあってさ、お臍だったら、二十五歳以下は十八万で、高校生は十二万にしてくれるんだって」

「お医者さんで、割引サービスねえ」

　愛子がクッキーに手を伸ばしている間も、未菜子はずっと膨れっ面の横顔を見せ、宙を見据えていたが、やがて、頬杖をついたままで目だけをぎょろりと動かし、こちらを睨（にら）みつけてきた。

「どうせ『必要ない』って言われるに決まってるじゃん。お父さんなんかに私の気持ち、分かりっこないんだから」

　それは、そうかも知れないと思った。だが、仕方がないのだ。それが、結婚以来の愛子の家庭のルールだった。銀行員の夫は新婚当初から多忙で、それは年と共に拍車がかかるばかりだった。だが、自分がこうして働いているからこそ、家族の安定した生活が保障されるのだと、彼はよく口にした。妻としての愛子は、きっちりと家庭を守り、子どもたちが決して留守がちの父親を軽んじることのないように教育してくれなくては困るとも、ことあるごとに言われてきた。だから、見合いで結婚して、以来二十二年間というもの、愛子はひたすらそのルールを守り続けている。

　未菜子が「ねえ」と、急に駄々っ子のような表情になってこちらに向き直った。

「お母さんだったら分かってくれるでしょう？」

　愛子は出来るだけ澄ました表情で「分からないわ」と答えた。未菜子は苛立ったように「何でっ」と大きな声を上げ、がたん、と椅子を鳴らして立ち上がった。

「だったら、ねえ、ちょっと見てよ」

　言うが早いか、彼女は着ていた薄手のプルオーバーをたくし上げた。愛子の目の前に、何年ぶりかで見る娘の白い腹部が現れた。愛子はクッキーを食べながら、まだ脂肪もついていない、すっきりとした腹をしげしげと見つめた。羨ましい。愛子だって、こんなぺしゃんこのお腹だった時代があるのに。

「ね、まん丸でしょう？」

「可愛いじゃない？　でべそでも何でもないんだし」

　未菜子は、腹部を見せたまま、「ええっ」と言いながら、全身をくねらせている。そんな格好を見ると、愛子はつい可笑しくなってしまう。高校二年にもなって、こんな仕草をする娘が、やはり、いくつになっても愛らしく思われた。

「こんなんじゃ、臍出しの服が着られない！」

「そんなこと、ないわよ。可愛いじゃないの」

「可愛く、ない！　私、去年の夏だって、我慢してたんだからねっ」

クッキーをくわえたまま、愛子は娘の膨れっ面と丸い臍とを見比べていた。この臍こそ、愛子と未菜子とを胎内でつないでいた証だ。

「お臍を出してる子はね、皆、縦長で細いのっ。一本の線みたいに見えるのっ」

そう言われてみれば、小さなボタンのような丸い臍よりも、縦長の細い臍の方が、格好良いような気もする。

「そういうお臍じゃなきゃ、笑われるだけなの！　お母さん、私が笑われても、いいわけ？」

未菜子の顔は真剣そのものだ。愛子は、サクサクとクッキーを食べながら、まったく、どうして臍を出すようなタイプの服などが流行(はや)ってしまったのだろうかと、ため息をつきたい気分だった。どうせ流行など一過性のものだ。一年か二年も過ぎれば、臍のことなど忘れてしまうに決まっているのに。だが、十代の未菜子に来年まで我慢しろというのも酷な話だということは、愛子も分かっているつもりだ。

「エリだって、やったんだよ！」

「エリちゃん？　斉藤さんの？」

未菜子は半ば悔しそうな表情で、はっきり頷いた。未菜子が小学生の頃から一緒の友だちは、彼女の母親を含めて、愛子もよく知っている。エリの母という人は、教育熱心で躾にも厳しい、同じ母親同士の目から見ても、少しばかり取っつきにくい感じの人だ。

「あのお母さんが、よく承知したわねえ」

愛子が目を丸くしている間に、ようやくプルオーバーの裾を下ろして臍を隠した未菜子は、白けた表情で再び椅子に腰掛けた。

「あの子は、内緒でやったの」

「内緒？　内緒で、美容整形したの？」

「美容整形っていったって、お臍だよ。分かりゃあ、しないじゃん」

もぐもぐと口を動かし続けている愛子をひたと見据えて、十七の娘はどことなく不敵な表情になる。

「それでも一応は手術だから、十八歳以下はね、親の承諾がいるんだけどさ」

「そりゃあ、一応は手術なら、そうでしょうね——あら、じゃあエリちゃん、内緒っていったって――」

「だから、パパに電話してもらったんだって」

「――パパ？」

「そう。パパ」

そして未菜子は、いかにも意味ありげに口の端で笑う。口の中に残っていたクッキーをコーヒーで飲み下し、愛子は身を乗り出して娘を見た。

「まさか――」

未菜子はゆっくりと頷き、「パパ」とは言うまでもなくパトロンのことであり、ついでに言えば、エリという少女はいわゆる援助交際で整形の費用を稼ぎ出したのだと付け加えた。

「あの、エリちゃんがねえ。へえ――お母さんが知ったら、大変なことになるわねえ」

「ね？　中にはそういう子だっているんだよ。私は、こうしてちゃんとお母さんに相談してるんだから、全然マシでしょう？」

今度こそ、本当に深いため息が出た。確かに、売春行為で稼いだ金で、親にも内緒で美容整形を受けられるよりは、未菜子の方がずっとまともに育っているとも思う。だが、かといって堅物の夫に娘の気持ちを理解させようというのも、難しい話だ。それこそ、臍が出るような服を着ること自体を嫌うような夫だ。滅多に家にいないから良いようなものの、それでもたまの休日など、顔を合わせれば小言ばかり言いたがる。その髪型は何だ、眉が細すぎないか、高校生が化粧品の匂いをさせて、どうする、などなど。そして、例によって膨れっ面で父親の前から逃げ出してしまう娘に代わって小言の続きを言われるのが、ここ数年の愛子の役目だった。

「考えてもみてよ、お母さん。お父さんに言うとするじゃない？　で、また『必要ない』で済まされて、お母さんは怒られて、私は、じゃあ内緒でやっちゃおうって決めて、援交（エンコー）なんて始めて――」

「エンコー？」

「援助交際。そんなことになったら、余計に困るでしょう？　夜遊び始めて、変な友だちと付き合うようになって、そのうち、ブランドものの服とかバッグとかさ、お母さんの知らない物が部屋からザクザク出てくるようになって」

「ちょっとぉ、脅かさないでちょうだいよ」

「だって、現にエリはそうだもん。そうなってから、お父さんにバレたりしたら、それこそ大騒ぎだからね」

確かに、その程度ならかなえてやっても良いだろうと思われるような子どもたちの希望さえ、夫は「必要ない」のひと言で片づけてしまうことが多かった。実際は、きちんと考えるのが面倒だから、そう答えている場合の方が多いことも、愛子には分かっている。だから、本当に必要な物については、愛子は夫が気持ちに余裕のある、機嫌の良い時を狙って、さり気なく言うことにしている。それでも、さすがに「臍を整形させたい」などという申し出は、どんなに機嫌の良い時でも、夫は承知しないだろう。娘心はおろか、愛子の気持ちでさえ、ほとんど理解していない夫だ。

「お願い！　何だったら私も半分出すから、ねえ」

ついに、未菜子は愛子を拝む姿勢になった。

「家庭円満、夫婦円満、ついでに私の希望もかなえるためには、お母さんが黙ってるに限るんだって。これまでだって、何回も失敗してきてるんだしさ、そうじゃなかったら、私まで、お母さんに秘密を持つことになっちゃうよ。それでも、いいの？」

残り少なくなったクッキーに手を伸ばしながら、愛子はつい嫌な気分になって未菜子を上目遣いに見た。千春のことを言っているのだ。今年で大学三年になる長女は、大学に入ってすぐに出来た先輩のボーイフレンドのことを、愛子が夫に話したことをきっかけに、すっかり両親に対して不信感を抱いたようだった。確かに、「内緒ね」と念を押されたのに、夫に話してしまったのは愛子が悪かったが、別段、隠し立てをするようなことでもないと思ったのだ。だが、普段は家族のことなど見向きもしない夫が、その時に限っては千春の恋人の親の職業から経済事情までを洗い出し、まだ夢見心地だった千春を呼んで、あんな男はふさわしくないと言い渡した。あの時の騒ぎは、新婚当初から考えても、最大級のものだった。

以来、千春は両親に対して、自分の話をまったくといって良いほどしなくなってしまった。たまに夫が話しかけても、愛子が何を聞いても、「どうせ、お父さんには理解できないから」「お母さんは信用できない」などと答える始末だ。とりつく島がないし、この頃では、長女に関する情報は、もっぱら目の前の未菜子から入手するというのが現状だった。困ったことになったと思ってはいるが、表面上は以前と変わらない家族のまだし、いずれ改めて話し合う時も来るだろうと思っているうちに、何となく月日が流れてしまっている。

「――どこの病院なの」

ついに根負けした気分で言うと、未菜子の表情がぱっと明るくなった。そして、ぱたぱたと二階の勉強部屋へ行き、ティーン向けの雑誌を持って戻ってきた。ぱらぱらとページをめくったところで、『今年の夏こそ！』というキャッチコピーと共に、ビキニ姿の外国人モデルが笑顔を振りまいている、一ページまるまる使っている美容外科の広告を差し出す。

『一人でクヨクヨする前に、まずはTELしてね』

『荒井式のクイック整形なら、ぜ〜んぜん痛くない！　入院不要、その日からメイクもOK！』

そして、二重瞼、皺、シミ、たるみ、脂肪吸引などの項目の下には、一際大きな文字で、『各種クレジット、学割制度もあります』と書かれている。未菜子の友人のエリは、その広告を見て手術を受けに行ったのだという。

「――とにかく、一度、話を聞きに行ってみないとね」

隅々まで広告を眺めながら愛子が呟くと、未菜子はまた膨れっ面になった。こうと決めたらすぐに動きたがる、せっかちな娘だ。だが、今度ばかりは愛子も譲らなかった。高校生の娘が美容整形を受けるのに、母親である自分としては、費用さえ負担すれば良いというものではない。

「じゃあ、いつ行くの？　明日は？　ねえ」

待ちきれないという表情の未菜子を改めて見つめて、愛子は「しょうがないわねえ」と小さくため息をつき、コードレスの電話を持ってくるようにと言った。

2

荒井美容外科は、渋谷駅から十分ほど歩いた、雑居ビルの中にあった。未菜子と連れ立ってエレベーターを降りると、小鳥のさえずりの混ざっている環境音楽が、まず耳に届き、まるで美容室かエステティックサロンのような、明るくて清潔な空間が目の前に広がる。そして、方々に観葉植物やランの鉢が飾られている空間の正面に、受付のカウンターがあった。

「本日は、カウンセリングですね」

愛子が名前を告げると、病院というイメージからはほど遠い、ホステス系厚化粧の美人が営業的な笑みを浮かべて、「そちらでお待ちください」と、待合室を指し示す。愛子は思わず、この人の顔もさんざんいじった結果なのだろうかと想像した。やがて、名前を呼ばれ、未菜子と並んで診察室へ入る。そこには意外なほど若い男の医師が、笑顔で待っていた。三十五、六というところだろうか。いや、下手をするともっと若いかも知れない。胸のポケット口に「真壁」というネームプレートをつけて、その医師はまず未菜子に向かって「やあ」と言った。

「手術後はすぐに帰っていいんだけど、お風呂だけね、一週間は入らないで欲しいんだ。出来る？　ばい菌が入らないように、お臍が綺麗にへっこむように、ガーゼを詰めて押さえておくからね」

カウンセリングの予約を入れた段階で、臍の手術を受けたいという話はしてあった。真壁は、まず診察台に未菜子を寝かせ、軽く臍を診た後で、すぐに手術の説明を始めた。

臍の形を縦長に整えるには、まず臍の中を切って皮膚を持ち上げ、左右から脂肪を寄せて、その隙間を縫い縮めるのだという。話を聞いていると、いかにも簡単そうに聞こえるものだった。その証拠に、十五分か二十分もあれば済んでしまうのだと、真壁医師は言った。

「身体に、悪い影響はないものなんでしょうか」

愛子が身を乗り出すと、真壁は間髪を入れず「ありません」と答えた。

「お臍っていうのは、身体のど真ん中にあって、すごく大切みたいに言われてますがね、本当は、別になくてもいいものなんです。母親の胎内にいたときに、お母さんとつながっていたっていうことの、単なる痕跡ですからね」

愛子は思わず「まあ」と目をみはった。臍のゴマをとってはいけないなどと聞かされてきたが、それはすべて迷信なのだろうか。

「それに、お臍の部分にはね、筋肉がないんです。だから、筋肉を傷つける心配もないし、でべその手術なんかだと、お臍の底に穴が空いてる場合があるんで、また別ですけど、こういう手術は、本当に身体の表面をいじるだけですからね」

未菜子が嬉しそうにこちらを振り返る。愛子はわずかに眉を動かして、「仕方ないわね」という意思表示をした。

「でも、素晴らしいですね。ちゃんと、お母さんが付き添って来られるっていうのは」

「それは、もう。何と申しましても、まだ高校生でございましょう？　本人が一人でいって言い張りましても、『あら、そう』という訳にも、まいりませんから」

愛子は澄ました表情を作って、当然だというように頷いた。真壁は、のっぺりとした顔にうっすらと髭（ひげ）を蓄えた、鼻持ちならない雰囲気の持ち主だったが、「おっしゃる通りです」と、素直に頷いた。

「何ですか、そうでもないお子さんも、おいでになるようですけれどもねえ」

今度は、医師はにっこりと笑った。笑顔になると、それなりに愛嬌のある顔だ。愛子は目元だけを細めて愛想笑いで応えた。すると、穏やかに微笑んでいた真壁の顔がわずかに変わり、今度はしげしげとこちらを見る。

「お母さんも、いかがですか」

「私が？　とんでもない。今更、お臍なんか」

愛子の返答に、真壁医師は年齢に似合わない鷹揚な笑い方をして、そうではなく、顔の小皺を取るつもりはないかと言い換えた。隣で未菜子が「もう、お母さんてば」と顔をしかめる。

「失礼ですが、お母さんは今、お幾つですか」

愛子は、少しばかり不愉快な気分になっていた。こんな若い男に答える筋合いはないと思っていると、だが、未菜子の方が「四十五」と答えてしまった。真壁はゆっくりと頷き、「お若く見えますね」と目元を細めた。いつも言われることだ。どう見ても四十そこそこね、お嬢さんとだって、お友達みたいに見えるわと、愛子はどこへ行ってもそう言われる。

「だけど、残念だな」

「――は？」

「気になりませんか、その目尻。肌の質にもよるのかな、ちょっと目立ちますねえ」

実は、愛子だって気にしている。テレビで宣伝しているコラーゲン配合の美容液を使ってみたり、マッサージを繰り返したりもしてはいるのだ。二十代の前半から、いわゆる笑い皺のようなものが少しずつ目立ち始めてはいたが、今となっては笑おうと笑うまいと、愛子の目尻には、かなりくっきりとした線が数本、刻まれてしまっている。

「それさえなかったら、十歳は若く見えるんだろうけどな。どうですか、三十分もあれば、本当にすっきりしますよ」

「――いえ、私は」

若い医師は、またもや間髪入れずに「そうですか」と、まるで頓着のない、淡泊な答え方をした。

「まあ、そういう方法もあるっていうことです」

そして、真壁は再び未菜子の方に向き直り、臍の手術の話に戻ってしまった。縫合には、ナイロン糸ではなく、動物の腸を利用した糸を使用するので、抜糸の必要はないこと、従って手術後は通院の必要もないことなどを説明されて、未菜子は「ラッキー」などと答えている。本当に、そんなもので良いのだろうか、術後の経過も診ないのかと、半ば疑問に思いながら、愛子の頭の中には「小皺」のひと言が渦巻いていて、口を挟むタイミングを逃してしまった。十歳は若くなる？　三十代に戻れる？　だって、どんな高い美容液でも、パックでもマッサージでも駄目なのよ。寄る年波なんだもの、仕方ないじゃないって思ってきた。でも、整形なら、簡単ということなのだろうか。

「――ということで、どうですか」

愛子だって、若い頃は現在の未菜子や千春など及びもつかないほどだったのだ。それなりに美人だとも言われていたし、見知らぬ相手からラブレターをもらったり、学校の帰りにつけてこられたりした経験だって、一度ならずある。その一方で、お人好しというか、苦労知らずでおっとりと育ってきた愛子は、時には言葉巧みに近付いてきた年上の男に熱を上げ、彼こそが運命の人だなどと思い込んで、結局すっかり翻弄され、恋の苦さを思い知らされたこともあった。

それだけに、これ以上、愛子に悪い虫でもついてはいけないと、両親は愛子がまだ短大生の頃から見合いの話をかき集めてきた。独身時代をもっと楽しみたい、一度くらいはＯＬ経験をしてみたいと、さんざんに駄々をこねてもみたが、結局はほんの腰掛け程度に就職しただけで、すぐに嫁入り修業のために家事手伝いになり、二十三歳で夫のもとに嫁いだ。

「いかがです」

思えば、以来、愛子に賛美の言葉を浴びせてくれる人はいなくなった。積極的に結婚話を進めたがり、長女が生まれる頃までは、それなりに愛の言葉を口にしてくれていた夫も、やがて興味が失せたように何も言わなくなり、愛子は愛子で、家事や育児に追われて、気がつけば全身にたっぷりと脂肪を蓄えた中年女になってしまっている。

「お母さん？」

はっと我に返ると、未菜子と真壁医師とが、二人揃ってこちらを見ていた。愛子は「なるほどね」と頷いた。本当は何を話されていたのか、まるで聞こえていなかった。

「じゃあ、明後日の午後三時ということで、予約を入れておきますからね」

最後に真壁はそれだけを言うと、「楽しみだね」と笑った。すっかり浮き浮きした表情で頷いている未菜子と担当医師とを見比べて、愛子は思わずため息をついた。すると、真壁医師が、不思議そうにこちらを見る。

「何か、疑問でもありますか？　ご心配な点でも？」

愛子は慌てて首を振り、高校生が整形をする時代が来たのかと思うと、ため息が出るのだと答えた。すると、真壁は再び鷹揚な態度でゆっくりと頷く。

「時代が違いますからね。医学の世界は日進月歩ですが、特に美容外科というのは、その中でも進歩が著しいんです。技術はもちろん、麻酔やその他の装置に関しても、ものすごい勢いで変わってきてるんですよ。それに、親からもらった肉体をいじるべきじゃないなんて昔は言われていましたけれど、ほんの少しいじっただけで、気持ちまで明るくなって、人生がまったく違うものになるんだったら、こんなに素晴らしいことはないっていう風に考えられるようになってきましたからね。大人から見れば、お臍の形なんてどうだっていいじゃないかと思われるかも知れないけど、十代の娘さんからすれば、たった一度の夏が、悔いの残るものになるなんて、我慢出来ないわけでしょう」

この人は、若い人の気持ちを良く理解しているらしい。愛子は半ば感心しながら真壁の話を聞いた。

「今の時代は、自分の肉体さえ、科学の力で、どんな風にでも出来るものなんです。要は、その人が幸せになれるかどうか、我々は、そのお手伝いをさせてもらってるという意識で、この仕事をしていますからね」

幸せ――。愛子は、内心で驚きながらそのひと言を聞いた。そして、皺が消えたときの自分の顔を想像した。確かに幸福を感じるに違いない。もう、化粧品を買いあさらずに済む、鏡を覗(のぞ)く度に、何とか目立たなく出来ないものかと悩まずに済む。

「あのう――」

最後に、愛子は真壁を見た。

「ちなみに、目尻の小皺を取っていただくと、費用はいかほどになりますの」

真壁は、今度はさっきよりも少し熱心に愛子の目尻をのぞき込むようにした後で、

「そうですね」と言った。

「目尻だけだと、二十五万になります」

愛子はわずかに眉を上下させ、ゆっくりと頷いた。あくまでも、参考までに聞いてみただけよ、というポーズのつもりだった。

「いかがです、カウンセリングだけでも、お受けになりませんか。何だったら、お嬢さんの手術の間にでも」

「ママ、やってみれば？」

未菜子までが、悪戯(いたずら)っぽい表情で笑いかけてくる。それでも愛子は、ただ微笑んで見せただけだった。夫の顔が頭の中でちらついていた。

3

「九十万？」

思わず目をむいて身を乗り出すと、目の前の医師は、いかにも軽い表情で頷く。一瞬、愛子は詐欺にでもあったような気分になった。

「でも、この前の先生は二十五万て」

不信感と不満を精一杯に表現したつもりで、わずかに口を尖らせる。胸に「荒井」というネームプレートをつけた医師は、そんな愛子をじっと見て、小さく微笑んだ。「荒井」の文字の上には、わずかに小さく「院長」とも書かれていた。つまり、院長じきじきにカウンセリングに応じているのかと思っただけで、最初、愛子の中には大きな安堵感と、ある種の優越感のようなものが広がった。さすがに、顔をいじるとなると若い雇われ医師では駄目なのかも知れない、自分がそれだけ大切にされているのだとも思った。だが、それにしても二十五万と聞いていたものが、急に九十万に跳ね上がったのでは、たまらない。

「この前の先生が説明したのは、目尻の皺取りということで、限定したからでしょう。だけど、拝見した限りではね、あなたの場合は結局、年齢と共に顔全体の皮膚がたるんできてるわけです。だから、ほら、ここにも、こういう線が入り始めてるし、ここも、全体に張りがなくて、ぷよぷよしてる」

荒井医師は、すっと愛子の方に手を伸ばしてくると、まず鼻の脇から口元に出来始めている皺を指し、さらに、愛子の頰に手を触れた。されるままになりながら、愛子は情けなく、また惨めにもなっていた。自分では、その変化に気づいていても、他人には気にならないだろうと思っていたのだ。現に、夫からでさえ何も言われたことはない。

「たとえば目尻の皺だけをとっても、顔っていうのは全体のバランスが大切ですからね。そこだけがつるりとしたら、かえって目立つ心配だってあるわけです」

院長は姿勢をもとに戻し、改めて愛子の顔を見つめた。なるほど、その説明はよく分かる。愛子は、熱心に頷いた。愛子と同世代に見える院長は、半ば幼い子どもを諭すように「ね?」と笑った。細い目が糸のようになる。少しばかり脂ぎった印象ではあるが、言葉つきも物腰も丁寧だ。

「これは、いわゆるフェイスリフトという手術なんですがね、つまり簡単に言ってしまうと顔の皮膚を剝がして、引っ張り上げる方法なんです」

顔の皮膚を、と、恐怖に身がすくみそうになった時、コンコン、とノックの音が響いて、ピンク色の制服を着た看護師が「院長先生」と顔を出した。

「武田さんのお嬢さん、手術終わりましたから。待合室で、お待ちいただいています」

もう終わってしまったのか。愛子は反射的に手元の時計を見て、確かに十五分しかたっていないことを確認した。何て手軽なんだろう。それで、今頃あの子は自分のお臍の形を変え、待合室にいるという。

「気になるでしょうが、一週間はいじらないようにと、お母さんからも言ってあげてくださいね。さて、それでフェイスリフトですが」

看護師が去った後で、院長は再び愛子の方を向いた。要するに、耳の周囲や髪の生え際近くなどを切り、皮膚と筋膜(きんまく)の二層を別々に剝離して、筋膜を十分に引き締める。その上で、筋膜にそって皮膚を戻すから、皮膚に対する負担が軽く、さらに自然になるのだという。そうして顔全体を引き締めることで、目尻はもちろん、頬も口の周りも、すっきりするということだった。愛子の場合は、年齢的にもまだ額にはさほど皺が出ていない。だが、もしも額だけ目立つような場合ならば、同様の方法で額の皮膚だけを引っ張ることになるのだそうだ。

「ただ、これだけは覚えておいていただきたいんですがね、確かに、ものすごく若返りますよ。武田さんだったら、そうだな、十歳は若く見えるでしょう。だけど、これは魔法じゃない。年齢を止めることは、出来ないんですよ。だから、これまで通り、ちゃんとお手入れをして、努力していただかないと、まただんだん、老けてはいきます」

医師の説明は理路整然として聞こえた。愛子の気持ちは、もう完全に手術を受ける方向に傾いていた。だが、問題は山積みだ。費用のことはもちろん、夫に何と言い訳をするか、または隠し果せるものか。

「――そんな大手術でしたら、入院だって」

「入院の必要はないです。まあ、お臍の手術とは違いますから、手術時間そのものも長くはなりますし、多少の腫れもありますが、それは、三日くらいでおさまります。抜糸もするし、念のために、一週間か十日くらい通院していただいて、経過を見るという形ですね。入浴やシャンプーは、しばらく我慢していただかなければなりませんが」

経過を見るというひと言が、愛子に大きな安心感を与えた。確かに臍の手術とはわけがちがう。後は、自宅で勝手に治しなさいなどと言われてしまっては、たまったものではないと思ったが、院長が経過を見る以上、間違いはないだろうと思われた。

「顔に突っ張り感が残らないように、フェイス・トリートメントもしますし、まあ、そういうもろもろの費用を含めますと、もう少し、かかりますが」

「全部で、いかほどくらい――」

「こういうカウンセリングから、検査や麻酔、薬なんかも含めますと、百三十万前後、ですか」

　頭の中では、定期預金の一つが解約されていた。基本的に、愛子の家では財布は愛子が握っている。だが、当然のことながら、貯蓄関係はすべて、夫の勤め先の銀行にしているため、夫は愛子に尋ねるまでもなく、我が家の財政状況をオンラインで調べることが可能だった。だが、いくら、夫に何でも相談するように躾けられているとはいえ、口ではすべてを任せると言いながら、実は根っこの部分を押さえられているような息苦しさが嫌で、本当は、もう何年も前から、愛子は密かに他行にも自分名義の口座を開き、少しずつ貯金をしていた。証券会社にも、わずかながら預けている金がある。それらの預金は、いざというときのために確保しているだけのことで、隠し事というよりは、妻の才覚のつもりだった。事実、愛子はこれまで夫に内緒で買い物をしたことなど、ただの一度もない。夫は、決められた予算の中から、きちんと自分の承諾さえ得ていれば、愛子がどんな買い物をしようと、さほど文句を言う性格ではなかった。

——ああ、駄目、駄目。

子どもたちに示しがつかなくなる。これまで、どんな場合にも父親を立て、隠し事をしないようにと言い続けてきた母親が、率先してルール違反をしては、子どもたちの信頼は音を立てて崩れるだろう。ことに長女の千春は、完全に親を軽蔑することになるかも知れない。

だが、ここまで具体的な手術方法を聞いてしまうと、もう、愛子の中には若返った自分の姿ばかりが思い浮かんで、どうすることも出来なかった。無駄にしたとは思っていないが、それでも、家族のためだけに費やした時を、せめて、顔の上からだけでも消し去りたい。考えてみれば、まだ四十五ではないか。子どもたちも手がかからなくなってきたこれからこそ、愛子自身が、女として生きられるチャンスかも知れないのだ。

「もちろん、麻酔を打ちますから痛みもないですしね、痛みに弱いタイプの方に対しては、麻酔を打つための麻酔を打つことも出来ます。止血剤も打ちますから、出血はほとんどありませんしね」

「でも――主人に相談してみませんと」

思いとは裏腹に、必死で言ってみた。すると荒井院長は、ふいに改まった表情になって、愛子の夫婦生活は円満かと聞いてきた。急にそんなことを聞かれて、愛子は思わず自分の顔が赤くなったのが分かった。

「忙しい人ですので、まあ、もう今更っていうか――」

「魅力的に変わってご覧なさい。御主人も、変わりますよ」

考えてみたこともなかった。愛子は、少し笑っただけでも、糸のように細くなってしまう院長の目を見つめた。院長は、わずかに野卑に見えるような笑みさえ浮かべながら、夫どころか、他の男性からも、認められるに違いないと言った。愛子の胸が微かに高鳴った。まだ汚れを知らなかった娘時代のことが思い出された。また、あんな日々が戻ってくるだろうか。

「自分の女房が美しくなるのに、怒る亭主なんかいないでしょう。『綺麗になったな』って言われたら、それからお話ししたって、構わないわけですから」

なるほど。事後報告にはなるかも知れないが、それなら隠し事ということにはならない。だが、費用のことは、どう説明しよう。

「さあ、思い切って決断しませんか。ここで悩むと、せっかく娘さんのお陰で勇気が出たのに、また、もとの木阿弥（もくあみ）だ」

院長は椅子に背をもたせかけ、ゆったりと笑っている。百三十万。それだけの費用を、どこから捻出したと言い訳すれば良いだろうか。もう何年も前から、皺取り手術を受けたくて、必死で貯蓄に励んでいたと言えば、納得させられるだろうか。どうやって？タンス預金で？　まさか。下手な説明をして、へそくりのすべてが露見してしまっては困るではないか。

「さあ、武田さん」

院長が、ちらりと時計を見上げながら呟いた。カウンセリング料金は、三十分で五千円と決まっている。既に四十分以上が経過していた。だが、整形とはいえ手術のことだ。そう簡単に決断してしまって良いものだろうか。ここはやはり、一度、家に帰ってゆっくりと考えてみた方が良いだろうかと思いを巡らせているとき「ああ、言い忘れていましたが」と、ふいに院長が姿勢を変えた。

「うちではね、『荒井式』という形で、よそのクリニックとはまったく違う技術を開発してましてね、とにかく痛くない、早い、綺麗に出来るということをモットーにしてるんです。だから、さっきご説明したように、麻酔のための麻酔まで使って、患者さんから恐怖感や苦痛などを、徹底的に排除することから始まる。何だったら、よそのクリニックも訪ねてごらんになると、よく分かるはずですよ。自分で言うのもおかしいが、院長自ら、こうして患者さんとお話しするという病院は、滅多にないはずです」

　愛子が何について迷っているのか、院長はわずかに読み違いを起こしているのかも知れなかった。愛子は、ただ曖昧（あいまい）に頷いていた。

「それから費用についてもね、すべて込みで百三十万というのは、僕からすれば妥当な金額だと思うんだが、中には驚くほど安い、五十万なんていうところもあります。そういうところは、信用しないことだ」

「――はあ」

「一方で、二千万取るなんていうところも、あるにはありますがね。うちで開発した『荒井式』なら、それほど暴利をむさぼる必要も、ないんです」

「――なるほど」

「たまたま、お嬢さんの縁で当院にみえたわけですが、これでお宅に帰って、結局はそのままになっちゃったとしますね。何年かたって、ああ、やっぱりあの時本気で手術しておくんだったって後悔しても、チャンスは逃げてしまった後です。私たちは、あくまでも、女性はいつまでも美しく、明るい人生を歩んで欲しいということだけを願っていましてね」

結局、愛子は「分かりました」と答えていた。根負けしたという部分もあるが、やはり、誘惑に勝てなかった。取りあえず、夫の仕事の都合があるから、手術の日取りだけは待って欲しいと言うと、院長は、それならば手術前の検査だけ早くやっておこうと答えた。

「こちらの都合もありますのでね、何しろ、こういうカウンセリングは、とことん丁寧に行う必要がありますし、手術の予約もめいっぱい、入ってるんで」

そして院長は、分厚いノートを広げながら、来週の水曜日ではどうかと言った。もとより、決まり切った予定など入っていない。愛子は素直に頷き、そして、期待と不安の入り交じった気持ちで院長室を出た。

「どうだった？」

待合室で待っていた未菜子に話しかけると、彼女はにっこりと笑って、すぐに終わってしまったと答えた。麻酔が効いているから、痛くもかゆくもないという。手術費用や自分のカウンセリング費用をまとめて支払い、「来週、お待ちしております」という受付の女性の言葉に送られて外に出る。陽の傾き始めた初夏の街には、相変わらず大勢の人が溢(あふ)れかえり、中にはすっかり真夏の格好で歩いている若者もいた。

「私も、もうすぐああいう服、着るんだ」

未菜子は、派手なパンツの上は、ほとんど水着か、下着のままのような格好の若い娘を横目で見て、嬉しそうに呟いた。そんな格好、はしたないじゃないのと思いつつ、だが、愛子の頭の中は、もう自分の皺取り手術のことで、一杯になっていた。

「ねえ、お母さんは？　どうするの？」

井の頭線に乗り込む頃、未菜子が聞いてきた。愛子は曖昧に首を傾げて見せた。だが、未菜子はこちらの真意を読み取ろうとするように、じっと瞳をのぞき込み、「やるんでしょう」と言う。愛子は、大きくため息をつき、出来るだけさり気ない口調で「まあね」と答えた。

「やった！　お母さんにしちゃ、すごい勇気じゃん！」

「――そう？」

「もちろん、お父さんには内緒なんでしょう？」

「内緒になんか、出来るはずないじゃないの。一目見れば、分かるんだから」

二人揃って吊り革に摑(つか)まりながら、母と子は、ぼそぼそと言葉を交わし続けた。取りあえず手術をして、後からお父さんを驚かそうと思っていると言うと、未菜子は「ふうん」とにやりと笑った。

「そういう手も、あるわけね」

まるで、共犯者同士のような、意味ありげな視線を向けられて、愛子は少し嫌な、だが、何となくくすぐったくて嬉しい気分になっていた。もうすぐ、私は若返る。エステティックサロンなどに通ったところで、絶対に手に入れられない、若々しい肌を手に入れる。もう、そのことだけで胸は高鳴り、はしゃぎたいほどだった。

4

愛子の夫は日頃から出張が多い。案ずるまでもなく数日後には、来週は一週間の予定で地方の支店を回ることになったと言い出した。

「一週間？」

「場合によっては、もう少し延びる。土日は、ゴルフに誘われてるんだ。結局、月曜日の一番の飛行機で戻って、そのまま出社することになると思う」

「じゃあ、帰りは早くても月曜日になるのね」

「まあ、そんなところだ」

大変ね、ご苦労様、あまり疲れないようにねと、ほとんど決まり文句になっている言葉を口にしながら、愛子は着替えをする夫の背中を見つめ、心の中では「一週間後には、あなたをびっくりさせてあげるわ」と話しかけていた。若返った自分の姿を想像するのに夢中になっているせいか、最初に案じたような後ろめたささえ、まるで湧いてこない。そうだ。未菜子の臍の整形くらい、これから自分が受ける皺取り手術に比べたら、手術のうちには入らないに違いない。そう思うと、何となく愉快にさえなる。第一、隠し事はしないと言いながら、愛子はちゃっかりへそくりを貯めている。理由は何であれ、夫に隠し事をしていることは確かだ。

「お母さんにしちゃあ、すごい進歩じゃない？」

「また。お姉ちゃんまで、そんな言い方する」

「だって、そうでしょう？　お母さんて、自分の意思じゃ何も出来ないんだろうと思ってたもの」

長女の千春も、愉快そうな表情で、そう言った。そして、自分の場合は「誰かさんと違って」約束は守るし、どうせ愛子が手術を受けるまで、滅多に父親と顔を合わせることもないのだから、告げ口をする心配はいらないとも請け合った。愛子は、二人の娘に応援される形で、夫が出張する初日に手術の予約を入れた。もちろん、不安がなかったと言えば嘘になる。だが、検査や手術前のマッサージの間に、荒井院長は丁寧すぎる程丁寧に、愛子の不安を取り除く話をしてくれた。

「一瞬、チクッとしますけど、それだけですからね。はい、息を吐いて、力を抜いてください」

夫を出張に送り出した当日、そのひと言で、愛子の手術は始まった。予定では、二時間半の手術になるという。清潔な手術室に横たわり、待合室に流れているのと同じ環境音楽を聞きながら、愛子は、ひたすら、起き上がった瞬間に若返る自分の姿を思い描いていた。

「ほら、ほとんど出血していませんよ」

「大丈夫でしょう？　もう、半分まで来ましたからね」

時折、そんな声をかけられる。今現在、自分の顔はどんな状態になっているのだろう。顔の皮を剝がされて、どんな部分が見えているのか、想像もつかない。局所麻酔が効いているせいで、痛みはまるでないが、意識は鮮明だ。

「思った通りだ、武田さん、綺麗になりますよ。そうだなあ、これで、瞼のたるみをとったら、もう、本当に若返るな。十歳どころか、一回り以上は確実にね」

本当に難しい部分は、もう終わったのだろうかと思っていると、荒井院長が耳元で語りかけ始めた。瞼？　そういえば、顔の皮膚を引っ張るとはいっても、瞼は無理なのだ。

「それから、顎の下の脂肪を少し取るとね、完璧ですよ。武田さん、もともと綺麗だから。こちらとしても、手術のしがいがある」

　荒井院長の言葉を、半ばうっとりと聞きながら、愛子はその日、予定よりも十分ほど長引いた手術を乗り切った。

　院長の説明では、腫れは三日ほどでひくという話だったが、実際には五日たっても、愛子の顔の腫れはひかなかった。ところどころに内出血の出来ている顔全体は、常にぼんやりと熱っぽく、疼くような痛痒さがいつまでも取れない。

「そういうものは、個人差がありますからね。でも、大丈夫、傷口も綺麗なものですしね、あまり心配してると、治りが遅くなりますから、綺麗になる、もうすぐ楽になるって、自分に言い聞かせなきゃ」

　一日か二日おきに通院する度、荒井院長は同じことを言った。そう言われても、このまま痛みも腫れもひかなかったら、どうすれば良いのだろう、もうすぐ夫だって帰ってくるのにと考えると、気が気ではない。それでも、薄皮が一枚ずつ剝がれるように、やがて、愛子は顔に違和感を感じなくなっていった。

「ほら、綺麗なものじゃないですか」

　今夜には夫が帰ってくるという日、愛子は初めて、包帯もガーゼも取り払った自分の顔を鏡で見た。

「――消えてる」

手鏡をのぞき込んだまま、愛子は、しばらくの間、夢を見ているような気持ちになった。口の脇に入っていた皺も、目尻に刻まれていた皺も消えていた。全体にたるみつつあった頬そのものが、すっきりと引き締まっている。思わず深々と息を吐き出しながら、飽きることなく自分の顔を見つめていると、荒井院長の「どうですか」という声が聞こえた。愛子は、言葉にならない感動で、ただ頷いて見せただけだった。

内金は既に支払ってあったから、残金の百万を支払って、すべては終わった。愛子は、まるで全身が若返ったかのように、弾む足取りで初夏の渋谷を歩いた。吹く風は熱く、湿気を帯びていて、決して爽快とは言えないのに、それさえも嬉しくてならなかった。何しろ、肌にとっては乾燥こそが大敵だ。このしっとりした風こそが、さらに肌を落ち着かせてくれるに違いない。

誰かが自分に目をとめるのではないか、若々しい美しさに気づくのではないかと、自然に気取った表情になる。本当はデパートに寄って、新しい服の一枚も買いたかった。試着室で、若返った自分を一人でじっくりと味わいたいとも思った。だが、今日は夫が帰ってくる。ここしばらくは術後のだるさもあって、家事がおろそかになっていた。今日は、きちんと掃除もして、夕食も凝ったものを作らなければならない。そして、夫の驚いた顔を見るのだ。愛子は誘惑に必死で抵抗しながら、取りあえず食料品だけを買い込んで、その日は家路を急いだ。

「へえ、お母さん、やったじゃん！」

「本当、つるつるになってる！」

学校から帰ってきた二人の娘は、順番に愛子の顔をのぞき込み、驚きの声を上げてくれた。いつもと同じ服を着て、いつもと同じキッチンに立ちながら、愛子は彼女たちが幼かった頃のような、張りのある気持ちになっていた。

「お父さんが気がつくまで、こっちからは言わないことにしましょうね」

「一目見て、気がつくに決まってるじゃん」

「でも、ほら、一応ね」

いそいそと夕食の支度をしながら、愛子は悪戯っぽい表情を作って二人の娘を見た。彼女たちは、いつになく素直に頷き、そして、「お父さん、たまげるんじゃない？」などと笑った。

すべての支度も整った頃、玄関のチャイムが鳴らされた。日頃は滅多に家で夕食などとれない夫だが、出張から帰った日だけは早く帰宅するというのも、彼の習慣の一つだ。

未菜子が玄関に迎えに出る。愛子は、食卓に足りないものはないかを確認し、そして、さり気なく髪に手をやった。

玄関から「お帰り」という声に続いて「やった！」という未菜子の声が届いた。恐らく、土産物でも渡されたのだろうと思いながら、愛子はもう笑顔になっていた。やがて、ダイニングルームの入り口に、いつもと変わらない、疲れた表情の夫が立った。既に食事の用意も整って、千春もテーブルについているのを見て、夫は「おっ」と言った。

「お帰りなさい。皆、待ってたのよ」

愛子の言葉に、夫は満足そうに頷き、それではすぐに着替えて来ようと言って、二階への階段を上がっていってしまった。愛子は少し落胆し、それから、遠目だったからだと自分に言い聞かせた。

「ビール、飲む？」

やがて、着替えてきた夫は食卓につくなり、夕刊を広げた。その紙面の向こうから、いつもと変わらない返事だけが返ってくる。愛子はいそいそとビールを出し、「はい」と夫に差し出した。その時初めて、夫は新聞を畳んで、グラスを差し出し、愛子を見た。

「どうしたんだ？」

一瞬、胸が高鳴った。ああ！　こんな感覚さえ、久しぶり。何十年ぶりだった。

「――何が？」

「今日はまた、馬鹿にサービスがいいな」

愛子は口元に笑みを浮かべて、ゆっくりとビールを注いだ。夫の視線は間違いなく自分の顔に注がれている。気がついて。早く、綺麗になったと言って。ビール瓶をテーブルに戻しながら、愛子はゆっくりと夫を見た。だが、その時には夫はもう視線を外していた。愛子は思わず二人の娘を見た。固唾を呑んで、父親の反応を見届けようとしていたらしい二人も、半ば拍子抜けした表情になっている。愛子は、せっかく久しぶりに取り戻した胸の高鳴りを、どこに納めれば良いものかも分からないまま、おずおずと席についた。

「――じゃあ、いただきましょうか」

とにかく、夫が気づいてくれなければ、今日の夕餉の意味がないとまで思っていた愛子は自然に無口になったし、娘たちにしても、それは同じことだ。夕食は、いつになく静かに進んでいった。やがて、辛抱しきれないというように、未菜子が「お父さん」と呼んだ。夫は何気なく「うん」と娘を見る。

「お母さん、どっか変わったなって、思わない？」

娘に言われて、夫はもぐもぐと顎を動かしながら愛子を見た。そして、「そうだな」

と、わずかに小首を傾げる。愛子にまた胸の高鳴りが戻ってきた。

「そういえば」

そうでしょう？　そういえば、若々しくなったでしょう？　昔みたいに、なったでしょう。

「少し、太ったな」

愛子は、呆気に取られた。二人の娘も、すっかり肩透かしを食わされた顔になっている。

「間食ばっかりしてるんじゃないのか？　ダンススクールは、どうした」

「――やめちゃったわ。意地の悪い人が、いるんですもの」

夫は口の端に皮肉っぽい笑みを浮かべて「またか」と言った。

「本当に、お前は内弁慶だな。結局そうやって、何でもかんでも、長続きしないんだ」

愛子は急に悲しくなり、その一方で、腹の底から沸々と怒りがたぎってくるのを感じていた。そんなことよりも、気がついて良いことがあるはずではないか。第一、ダンスをやめたのは、もう半年以上も前のことだ。今更、そんなことを言うくらいなら、どうして目の前の変化に気がつかないのだと思った。

それから夫は、二人の娘に二、三の質問をした。彼女たちは白けた表情のまま、それでも不要な小言を言われないために、夫の癇に触らない程度の受け答えをした。そして、夕食は不自然なほど静かに進み、やがて夫は一杯の茶をすすると、「疲れた」とだけ言い残し、席を立ってしまった。後は風呂に入って、寝室に行くだけのことだろう。

「どうして、気がつかないんだろう」

「お父さんて、お母さんの顔なんか、まともに見たことないんじゃないの」

二人の娘に言われても、愛子には何を答えることも出来るはずがなかった。ただ、裏切られたという思いばかりが膨らんでいた。

5

翌日になっても、翌週になっても、夫は愛子の変化に気づくことはなかった。最初は、単純に怒りを覚えたものの、もしかすると、自分で考えているほど若返ってはいないのではないかという思いが、やがて愛子を新たに不安にさせた。それならば、もう少し思い切った変化をつけるべきだ。愛子は迷うことなく、瞼のたるみを取る手術を受けることにした。今度の手術は、前回とは違って手術時間も短く、費用も三十万円で済むという。例によって、夫が出張に出る日を選んで、愛子はたるんだ余計な皮膚を切り、引っ張って縫い詰めるという手術を受けた。

「下瞼は、取りすぎるとアカンベーになりますからね、上だけでも、ずっと印象は変わりますよ。そうだなあ、これで顎の下の脂肪を取れば、二重顎も引っ込むし、綺麗になりますね」

手術の間中、荒井院長はそんなことを言っていた。そして数日後、何となく眠そうに見えていた愛子の目元は、若い頃と同様の、ぱっちりとした二重に戻った。

「本当に若い頃のお母さんの顔になってきたねえ」

家では、二人の娘が交互にそんなことを言い、古いアルバムを取り出して、見比べたりした。それでも、夫だけは気がつかない。一度だけ、化粧を変えたのかと言われたことがあったが、その次に加わった言葉が、余計に愛子を苛立たせた。

「まあ今更、化粧くらいじゃ変わらないか」

一体、夫はどんな顔の女と暮らしているつもりなのだろうか。二人の子どもまでなして、二十年以上も連れ添ってきている妻の変化に、ここまで気づかない一家の主がいるものだろうか。よし、それならば、顎の脂肪も取ってやろうではないか。そして、完璧に若い頃の顔に戻るのだ。もはや、愛子は迷うこともなかった。暑い夏が過ぎる頃には、愛子はほとんど挑戦的な気持ちになっていた。

脂肪吸引は、余分な脂肪を超音波で砕いて吸引する方法が主流だという。荒井院長はこのときになって初めて、脂肪吸引こそが、もっとも得意とする分野なのだと言った。

「切開したところから、細い管を差し込んで、砕いた脂肪を吸い取っていくわけですが、何、傷口なんて、五ミリ程度の、本当に小さなものですよ」

顎の場合の手術費用は、三十五万だという。愛子はせっせと銀行に通い、何年もかけて貯めてきたへそくりを、思い切り良く引き出した。本当の若さは金では買えないとしても、この程度の金額で、若い頃と同じ顔が手に入るのなら、安いものだと思っていた。

秋風が立つ頃、愛子は本物の若い顔を手に入れた。その頃には近所の主婦や、未菜子の同級生の母親などに、「あら」と言われるようになった。

「最近、よくお出かけになると思ったら、何だか若々しくなられたわね」

「未菜子ちゃんのお母様、何だかおきれいになったみたい」

そんな言葉を耳にする度、愛子は天にも昇る心地を味わった。中には、いかにも秘密めかして「恋でもしてるんじゃない？」などと囁きかけてくる主婦までがいたほどだ。

こんなに変わってきているのに、どうして夫だけ気づかないのだろうか。相変わらず、何一つ変化に気づくこともなく、当たり前の顔をしている夫が、今や愛子には憎らしくさえ思われた。唐変木などというものではない。無神経、無関心にも程がある。そんな人のために、必死で家庭を守り続け、何をするにも許可を得てきたのかと思うと馬鹿馬鹿しくなった。

その頃、長女の千春が、自分も整形をしたいと言い出した。これには愛子も少なからず慌てた。

「だって、一番切実なのは私なのよ。来年の今頃は、もう内定くらい取れてなきゃならないんだし、来年だって女子の雇用状況は厳しいっていうんだから」

千春の就職については、愛子だって夫の銀行にも頼んでくれるように言ってある。だが千春は、本命はマスコミ関係の企業を希望しており、たとえコネで就職試験を受ける場合でも、面接に大切なのは第一印象だと言い張った。そのために、父親ゆずりの一重瞼と、こちらは愛子から受け継いだ、少しばかり低くて丸い鼻をいじりたいというのだ。愛子は、思わず顔をしかめた。臍のような見えない部分や、愛子のような若返りとはわけがちがう。第一、目元はともかく、愛子によく似ている鼻までいじりたいと言われると、愛子自身の顔の造作まで否定されている気がして、よけいに複雑な気分になる。それでも、千春の決心は固かった。それに愛子自身、この数カ月というものは、ほとんど休みなく美容整形手術を受けていて、将来を賭けている娘にだけ駄目だとは、どうも言いにくかった。

「でも、今度こそ、お父さんだって気がつくわよ」

「じゃあ、試してみようよ。本当に気がつくか、どうか」

「――それに、お母さん、まだ取りたい脂肪があるの。お腹と腿と腕ね、脂肪を取って、すっきりさせたらって荒井先生も仰るし」

「ずるい！　そんなに、お母さんばっかり綺麗になって、どうするつもり？　娘の将来が心配じゃないのっ」

実は、へそくりの残高が、もう底をつきかけているのだ。今、愛子が考えている部分だけで、脂肪吸引はおよそ二百万はかかると言われている。だからこそ、どうしようかと二の足を踏んでいるのだ。だが、確かに自分のことよりも、千春の将来を考えれば、そちらを優先させるべきだった。さらに長女は、もしも手術を受けられるのなら、費用については就職した後で、分割で返済しても構わないとまで言った。

結局、千春に押し切られる格好で、翌週、愛子は今度は千春を伴って荒井美容外科を訪ねた。カウンセリングを行ったのは、それまでに見たことのない中尾という、やはり若い医師だった。

「目は、そう難しくはないですけど、問題は鼻かな。お顔全体のバランスを崩さないように、心持ち小鼻を小さくして、高くするのも、ほんの少しっていう程度にした方がいいんじゃないかな」

中尾医師は、紙に絵を描きながら、説明をした。千春は、愛子が意外に思うほど、目の大きさにしても、二重瞼の幅、鼻の高さにしても、ミリ単位で指定を行った。

「自分のイメージがはっきりしてるっていうことですから、そういう方がいいんです。ぼんやりと、何となく手術したいって言われるのが困るんですよ」

中尾医師は、あまり表情を動かさないタイプだったが、口調には誠意が感じられた。そして千春は三日後に手術を受けることになった。費用は両方で六十万。それを支払ってしまうと、愛子のへそくりは、もう空っぽになる。だが、その頃には、愛子は密かに決心していた。へそくりがなくなったら、他の定期預金を崩せば良いではないか。どうせ、夫は気づかないのだ。愛子に任せてあると言えば聞こえは良いが、これは任せっぱなしというのではない、放りっぱなしというのだ。

三日後、千春は必要ないと言ったが、愛子はやはり娘に付き添って荒井美容外科を訪ねた。手術時間は約一時間。その後、三十分程度、氷で瞼を冷やし、腫れを減少させて、手術は終わった。

「完全に安定するまでには、一カ月はかかりますからね。それまでは、あまり心配しないで大丈夫です。お母様が大体ご存じだから、心強いですね」

すっかり顔なじみになってしまった厚化粧の受付の女性は、いつもの人工的な笑みを浮かべる。親しくなるにつれて、やはり目と鼻とをいじり、さらに顎の骨を削って顔を細くしたのだと打ち明けるまでになっていた彼女の、ほとんど外国人に見える顔に微笑みかけて、愛子は千春の手術費用を支払った。これで、へそくりは本当に空っぽになった。

一週間、十日と時がたつにつれ、千春の顔は、腫れもひき、すっかり落ち着いていった。こうなると、夫がいつ気づくかが問題になってくる。出張のない時でも、帰宅時間が深夜になる日が珍しくない夫は、このところずっと、家族の誰ともまともに顔を合わせていなかったが、千春の手術から二週間ほどたった頃、ようやく土曜日だというのにゴルフにも行かず、家で過ごす日があった。

「今日はお父さんお休みだって。遊んでないで、早く帰ってきなさい」

朝、夫が起きてくる前に、愛子は朝食をかき込む娘たちに言った。臍の手術以来、自信がついたせいか、服装も派手になった未菜子は、最近は夜の八時過ぎにでも、呼び出されて外に出かけて行ったり、帰宅が遅くなることが多くなっていた。

「嫌だなあ。私、今日、友だちと約束があるのに」

「そんなこと言わないで。それに、お姉ちゃんも。初めて、その顔を見せることになるんだからね。夕御飯までには帰ってきて」

　最初は、何となく自分の娘ではないような気がしていたが、今ではすっかり馴染んでしまった千春の顔を見つめて、愛子は念を押すように言った。

「——どうしようか、気がついたら」

　さすがの千春も、不安を隠せない表情になっている。大きく目を見開いたり、ふとその目を伏せるときの表情など、やはり、以前に比べてずっと生き生きして見えると、愛子は半ば感心していた。それに、小鼻が小さくなって鼻筋が通ったせいで、全体に上品な感じにもなったようだ。

「気がつかないはず、ないわ。だけど、自分で覚悟して手術したんだから、自分でちゃんと、説明しなさい。お母さんも一緒に謝るから、ね」

　いくら愛子のことには気づかなくとも、この千春の変化に気づかないはずがない。その時、夫はどんな顔をするだろう。怒鳴り散らすか、それとも呆れ返るだろうか。

　その日、愛子は、書斎にこもって書類の整理をしたり、庭に出て、ぼんやりと植木を眺める夫と共に、静かな土曜日を過ごした。遅めの朝食も、軽い昼食も、三時のお茶も、ずっと一緒に過ごしたのに、やはり夫は、愛子の変化にはまるで気づかない様子だった。たまには夫婦でゆっくりと会話を楽しみたかったし、夫の方から気づいてさえくれれば、ついでに千春の話もしておいて、夫の受ける衝撃を緩和出来ると思っていたのに、夫は、いつも新聞やテレビや窓の外などを眺めるばかりで、たまに口を開けば、「景気が悪い」とか「これからの銀行はますます大変だ」などという、愛子には半ば脅しのように聞こえる文句しか出てこなかった。

結局、丸一日、一緒にいても、夫は愛子の変化には気づかなかった。愛子の中には、索漠とした、やり切れない思いばかりが広がっていった。忙しいからというだけではないのだ。要するに、愛子になど大して関心はないのだということが、ようやくはっきりと分かってきた。

——この人こそが、自分の人生の中心、この家の中心だと思ってきた。

だが、それは見せかけに過ぎなかったのかも知れない。ふと以前、未菜子が臍の手術を受けたときに聞いた言葉を思い出した。臍というのは、実はなくても良いものなのだと、あの時の医師は言っていた。身体の中心にあって、いかにも大切そうに見えるけれど、何の役にも立たない、単なる痕跡に過ぎないのだと。

「お父さんて、我が家のお臍だったのね」

日が傾いてきた頃、郵便物を取りに書斎から出てきた夫は、ついでに熱い茶が飲みたいと言い出した。黙って急須に湯を注ぎながら、さり気なく言ってみると、夫は何を今更とでも言いたげな表情になっただけだった。やはり、臍の本当の意味が分かっていないのだと、愛子は腹の中で夫を軽蔑した。生まれて初めて夫を愚か者だと思った。

結局その日、夫は千春の整形にも気づかずじまいだった。夕食の席でも、ただ「この頃、変わったことはないのか」と言っただけだった。千春は、ちらりと愛子を見た後、半ば試すような表情で、そろそろ就職のことを考えなければならないから、色々と準備に取りかかっていると答えた。夫は「そうか」と頷いて、それで終わりだった。少し前までは、そんな夫の態度が、頼もしく見えたものだ。年齢と共に恰幅も良くなって、威厳らしいものさえ感じさせるようになってきたと、そう思っていた。だが、それがただのポーズに過ぎないことを、愛子は確信した。

それなら、こちらにも考えがある。たかが臍ごときに気を遣う必要など、ありはしない。愛子は、その日も食事が済んだ途端にあくびを連発し、早々と寝室に引き上げる夫を、冷ややかに見つめていた。

6

年の瀬が近づくにつれ、夫は以前にも増して出張が増え、年が明けてからは、その忙しさにはさらに拍車がかかった。眉間には深いたて皺が刻まれて、愛子だけでなく、娘たちに対しても、ほとんど口もきかなくなっていった。何やら、仕事が大変な状況なのだ。世間では金融不安と言われ、ビッグバンとやらを控えて、夫の銀行も難しい問題を抱えているのだろうということは、愛子にも察しがついた。だが、愛子が何を話しかけようと、たとえば「身体に気をつけて」などという言葉をかけようと、夫の返事はいつも「ああ」という、同じ調子のものだった。

仕事の話は家には持ち込まないから、愛子は何一つ心配せず、ひたすら家庭を守ることだけを考えれば良いというのも、夫の口癖の一つだった。だから、愛子は心配しないことにしていた。夫がそれを望むのだから、自分たち家族は呑気に構えていれば良いのだという、開き直りにも近い感覚だった。結局、夫と自分たち家族とでは、まったく異なる時の流れの中で生きているのだ。愛子たちが新しい春を迎え、子どもたちがそれぞれに成長しても、夫には関係がないのだ。

「明日、お友達とお芝居を観に行くんだけど、千春のワンピース、借りられない？」

「じゃあ、お母さんがこの前買ったスーツ、借りていい？」

「どこに着ていくの」

「デート。何しろ、向こうはサラリーマンでしょう？　ちょっとは大人っぽい格好して行きたいのよ」

今年も、そろそろ梅雨に入ろうという季節になっていた。未菜子は、その日もまだ帰ってきていなかったから、愛子は最近では当たり前になってしまった、千春と二人の夕食をとり、互いの明日の予定について話し合っていた。ふいに、屋根を叩く雨音が響いてきた。

「降ってきたわね」

まるで姉妹に見える母と子が顔を見合わせた時、玄関のチャイムが鳴った。未菜子が帰ってきたのだろう、どうにか雨に濡れずに済んだろうかと思いながら迎えに出ると、意外なことに、そこには夫が立っていた。

「——お帰り、なさい」

まだ九時前ではないか。愛子はわずかに慌てながら、肩を濡らしている夫を見つめた。だが、ぐらりと上体を揺らして玄関に入ってきた夫からは、ぷんと酒の匂いがして、おまけに足下もふらついている。あまり酒の強くない夫にしては珍しいほど酔っているらしい。

「早かったのね」

困った。未菜子のことは、どう言い訳をしようかと思いながら振り返ると、夫は、上がり框（がまち）に腰を下ろして、そのまま両膝に肘をつき、がっくりとうなだれている。こんな夫は、見たことがなかった。愛子は、しばらくの間、どうすれば良いものか分からず、そんな夫を見下ろしていた。

「——もう、駄目だ。もう、限界だ」

やがて、うなだれた頭の下から、呻（うめ）くような呟きが聞こえてきた。なぜだか、背筋をぞくぞくする感覚が駆け上がるのを感じて、愛子は夫に歩み寄ることさえ出来なかった。この人は、今、弱音のようなものを吐いた。この人の口から、そんな台詞（せりふ）を聞いたことはない。愛子はにわかに混乱しそうになった。

「どうしたの？　あれ、お父さん——」

リビングから千春が顔を出し、やはり驚いた声を出した。それでも夫は動かない。愛子は千春と顔を見合わせ、眠ってしまったのだろうかと思った。玄関のドアを通して、激しく雨の降る音が聞こえてくる。

「寝ちゃってるの？　大丈夫？」

「すごく、酔ってるみたいよ」

小声でやりとりをしている間も、夫は身動き一つしない。どうしよう、眠られてしまっては、千春と二人で、どうやってこの大きな夫を運べば良いのだろうと考えていた矢先、再びチャイムが鳴った。愛子は咄嗟に、まだ鍵もかけていなかった玄関の扉を開けた。髪から滴を垂らしながら、笑顔の未菜子が「すごい雨！」と飛び込んできた。その途端に、湿気を帯びた強い風が吹き込んできて、三和土までが少し濡れてしまった。夫が、呻くような声を上げて、ようやく顔を上げた。それから、いかにも重そうな瞼をゆっくりと開き、深々と息を吐き出しながら、目の焦点を合わせようとする。

少しの間、奇妙な沈黙が流れた。夫の目が、宙をさまよう。愛子を見つめ、次に、飛び込んできたばかりの未菜子を見つめ、最後に、背後から自分をのぞき込んでいた千春を見つめる。そして、夫の唇がゆっくりと動いた。

「ああ——失礼。お客さんか。どなた」

まるで呆けたように、夫は三人を見回している。

「千春の——いや、未菜子の友だちかな」

いまや別人のように痩せて若返っている妻と、下着のような服を着て、手も足も、可能な限り剝き出しにしている次女、目元も涼しく、鼻筋の通っている長女に囲まれて、夫は「いやいや、どうも失礼」などと繰り返していたが、やがて、再びがっくりとうなだれた。

「女房を——女房を、呼んでもらえませんか」

千春の顔に驚愕の色が浮かんだ。愛子も、何と答えたら良いか分からないまま、ただ夫を見つめていた。

「ちょっとね、あんまり疲れて——立てそうにないんでね。お願い、します」

数分後、夫は深いいびきをかき始めた。三人に囲まれて、夫はそのまま、二度と目覚めることがなかった。

血流

1

ポーンという音に、はっと気がついた。つい、うとうとしていたらしい。目を上げると、ベルト着用のランプが点灯している。キャビンアテンダントの声が、「これから飛行機は、徐々に高度を下げてまいります」と聞こえた。窮屈な座席に腰掛けたまま、文哉(ふみや)は小さく伸びをして、飛行機の丸い小窓に額をつけた。外は、もうすっかり闇に包まれている。眼下を流れる瞬(また)く夜景は、やがて密度を増し、その先には大東京の、さながら宝石箱をひっくり返したような光の海が広がっていることだろう。やっと帰ってきた。長い、一日だった。

――分かるでしょう? 私だって、もう少し時間が欲しいのよ。

礼子の声が、ふと思い出された。幼い光哉(みつや)を抱き、彼女は苛立ちと絶望の入り交じった表情で、唇を嚙(か)みしめていた。

「頭では、分かってはいるのよ。だけど、ここ――ここが、納得できないままでいるの」

礼子は、自分の右手を胸元に当てて見せ、思い詰めたように呟(つぶや)いた。文哉は、彼女の腕の中で眠っている一人息子を見ながら「光哉のことは、どうするんだ」と言うのが精一杯だった。

「どうするって――そんなことまで、まだ分からない。まさか、このまま父親のいない子どもにしたいとも、思ってやしないもの」

礼子は、切なそうにため息をつき、自分も一人息子の顔をのぞき込んで、「ねえ」と話しかけながら、小さな丸い額にかかっている細い髪を、そっと撫で上げた。そして、俯いたままの姿勢で、「私のせいなのかな」と呟いた。

――そうなの？　私がいけなかった？

今、こうして街の灯を見下ろしていても、礼子の絶望的な声が耳の底にこびりついている。そんなはずがないという言葉を望んでいることくらい、文哉は十分に承知していた。だが、改めて問われてみると、ふとそんな気もした。それでも文哉は「そんなこと、ないって」と答えていた。

「全面的に僕が悪かったんだ。それは、間違いない。だから、謝ってるだろう？　なあ、もう、帰ってきてくれよ」

だが礼子はついに最後まで、首を縦に振らなかった。

「私だって、そんなに長く、ここにいたいわけじゃないのよ。親にだって本当のことは何一つ言ってないんだし、変に勘繰られたり、しつこく事情を聞かれたりするのも、嫌なものなんだから」

とにかく、もう少し落ち着いて考えたい、時間が欲しいと、それぱかりを彼女は繰り返した。結局、文哉は言葉を失い、為術もないまま、うなだれて立ち上がった。母の顔がちらついていたが、嫌だというものを無理に引きずって帰るわけにもいかない。

「おふくろも、心配してるから」

最後にそれだけを言うと、礼子は気詰まりな表情を見せて、「そう」と呟いた。

「お義母さんには申し訳ないとは思うけど、でも——」

「分かってる。その辺は、うまくやるから」

礼子の両親は、文哉が泊まっていくものと信じていたらしく、夕食の献立も考えていた様子で、文哉が帰ろうとすると慌てたように引き留めにかかったが、礼子が何も言わないので、さすがに気まずそうな表情になった。文哉は、彼らに精一杯の愛想を振りまき、礼子をよろしくと頭を下げて、重い足を引きずるように女房の実家を後にした。その頃は、まだ外は十分に明るかった。一年のうちで、もっとも昼間の長い頃だし、福岡は東京に比べて確実に日の入りが遅い。

輝く夜景は次第に広がりを見せ、まばゆく煌めく大海原のようになってきた。この光の一つ一つに、人の営みがあるのだろうかと、文哉はぼんやりと考えていた。

このまま、すべてが終わりになるようなことも、あり得るのだろうか。たった一度のアクシデントが、それまで紡ぎ続けてきた生活のすべてを断ち切るなどということが、自分の身に起こるものか。もしもそうなったら、再び母と二人きりの生活に戻って、これから先の自分の人生は、どうなるのだろう。

窓の外の景色が徐々に大きくなり、文哉は自分が光の海に呑み込まれるのを感じた。やがて、小さな衝撃があって、飛行機はほぼ定刻通りに羽田に着陸した。あれこれと巡らした思いさえ、空の上に残して、文哉は現実に目を戻した。余計なことを考えていても仕方がない。

——とにかく、おふくろをなだめるだけでも、相当なエネルギーが必要になる。

人の列に混ざって飛行機を降り、モノレールと電車を乗り継ぐ。その間、文哉は必要以上に自分が緊張しているのを感じていた。このところ、いつもそうだ。余計なものは見ない、ひたすら真っ直ぐに前だけを見て歩くのだと、何度も自分に言い聞かせ、ようやく目的地に着いたときには、ぐったりと疲れ果てている。

家の明かりが見えてきたときには、既に午後九時を回っていた。古ぼけた木製の門の、錆(さび)もひどいし、釘の部分も浮き始めている門(かんぬき)を、きいきいと耳障りな音と共に閉めていると、その音を聞きつけたらしく、玄関の扉が開いた。隙間から顔をのぞかせた母は、文哉の背後をのぞき込むようにしながら「一人なの?」と怪訝そうな表情になった。

「腹、減ったな」

玄関に足を踏み入れ、靴を脱ぎ、茶の間に行く間も、母はずっと背後からついてきて「どういうことなの」「礼子さんは」と言い続けた。文哉は、返事をする代わりに、空港で買ってきた鶏卵そうめんを差し出した。母は眉をひそめ、口元を尖らせたまま、「あら」と土産を受け取った。

蛍光灯に照らし出された古ぼけた茶の間の、夏冬兼用のコタツの上には、文哉が幼い頃から見慣れているヘラ台と裁縫道具が広げられていた。畳まれたタオル地には整然とまち針が打ってあり、その傍には水色のチャコペンシルと指ぬきが転がっている。赤いフェルト製の針山は、さながらハリネズミの背中のように、銀色に輝く針を無数に刺され、その上には使いかけの色とりどりの縫い糸が絡まりあっている。それは、かつて文哉が見慣れていた風景だった。

「珍しいな」

「お雑巾をね。みっちゃんがいるときだと、針仕事は危ないから、今のうちに少し縫いためておこうと思ったんだけど。それより、あんた、どうして一人なのよ」

背後から母の声がする。文哉は、丁寧に畳まれて、赤や緑の糸で縫い合わされているタオルを手にとって眺めながら「どうしてって」と呟いた。

「もう少し、考えたいからってさ」

「考えたいって、何を？　二週間も、何を考えることがあるっていうの」

母は礼子が実家に戻った理由を知らない。文哉自身が、母にだけは知られたくないと願ったし、礼子も「どんな顔をして、お義母さんに話せばいいのよ」と絶句していたからだ。だから母は、礼子が自分の我がままで勝手に里帰りをしたと思い込んでいる。礼子には申し訳ないとは思うが、それが最善の策だと、文哉は信じていた。

「とにかくさ、何か食わしてよ」

「あんた、夕御飯もご馳走（ちそう）にならないで帰ってきたの？　一体、どういうことなのよ」

母の声は明らかに怒りを含んでいた。文哉は何も答えないまま、黙っていつもの席に座り、改めてコタツの上を眺めた。今どきの新しい家のように、ダイニングキッチンなどというものがきちんと整っていないこの家では、狭くて暑い台所に続く茶の間の、このコタツこそが、食事を始めとして家族全員がすべての事柄をこなす場所になっている。そういえば文哉が幼い頃、母は針仕事をしているときだけは、この憩いの場であるコタツの傍に来てはいけないと、いつも言っていた。

――針を踏むと、身体の中に入っちゃうんだからね。血管を通って、身体中をぐるぐる回って、そのうち、目玉や心臓に刺さるんだから。

ずいぶん長い間、文哉は母の言葉を信じていた。母からそう言われる度に、自分の肉体の中を駆け巡る針を思い描いた。すると、身体中をちくちくと鋭い痛みが移動するような気がして、最後には目から針が飛び出す様まで想像は膨らみ、心の底から怯えたものだ。だから十歳前後までは、母が仕事を終えて裁縫箱から磁石を取り出し、落ちている針を見つけるために辺りを探るまで、絶対にコタツには近づかないようにしていた。思えばその当時から母が使い続けているに違いないヘラ台は、よく見れば四隅がすり切れ、表面の薄紙もすっかり毛羽だって、ところどころボール紙の芯地が見え隠れしている。それは、この家での母の歴史そのものに見えた。

文哉が何も答えようとしないのを見て取ったのか、母は大きなため息だけを残して台所に立った。

「大したもの、ないわよ。あんた、食べて来るどころか、向こうのお宅に泊まってくるだろうと思ってたから」

台布巾を持って戻ってきた母は、裁縫道具を手早くしまいながら、「それにしても」と、またため息をつく。

「一体、何が気に入らないっていうのかしら。不満があるんなら、言ってくれれば良かったじゃない。水くさいっていうか何ていうか、そんな素振り、これっぽっちも見せなかったくせに」

「育児疲れも、あるんじゃないの」

「だって、お母さんだっているんだし、あの子がそんなに疲れるようなこと、させてやしないわよ。それとも、礼子さんが何か、言ったの？」

「言ってないって。ただ、たまには実家でのんびりしたかっただけだろう」

「お産の時、散々のんびりしてきたでしょうが」

「――少しは息抜き、したいんだろう」

だが母は、すっかり誇りを傷つけられたような表情で、「それじゃあ、まるでお母さんが礼子さんをこき使ってるみたいじゃないのよ」とますます眉根を寄せた。確かに、これまでの母と礼子は、それなりにうまくやっていた。母が不快に思うのも無理はないのだ。

「電話の一本もかけてこないで。何が気に入らないっていうの」

母という人は、文哉とは違って社交的で陰険な部分もなく、誰とでもすぐに打ち解けるタイプだが、一度へそを曲げるとなかなか機嫌を直さない。こういう顔になったときは、あまり良い兆候ではないということを文哉はよく承知していた。礼子には、きちんと母を取りなしておくからと請け合ってきた。だが、可愛がってきた嫁に裏切られた気持ちでいる母が、そう簡単に息子に言いくるめられるとも考えにくい。文哉はますます憂鬱になった。

「礼子だって、気にはしてるみたいだったよ。母さんには申し訳ないって言ってたしさ。『我がまま言って、すみません』って」

「だったら、どうして直接言わないの？　そんな不自然な話がある？　ぷいって出てったきり、二週間もそのままなんてさ、どう考えたっておかしいわよ」

母の苛立った声が台所から聞こえた。やがて、コタツの上に佃煮や塩鮭、漬け物などが並んで、文哉は黙って箸をとった。母は自分の席に戻り、指ぬきをした手のままで茶を淹れながら、まだ不服そうな表情をしている。

「みっちゃん、どうしてた？」

文哉は、礼子に抱かれていた息子を思い浮かべ、普通にしていたと答えた。それ以外に言い様がない。母は、物足りない表情で、「そう」と頷(うなず)いた。

「そりゃあ、あちらのお宅にとってだって可愛い孫なんだから、ゆっくり顔を見せてやるのは構わないとは思うけど、やっぱり、あの子がいないと淋しいわねえ」

母はしみじみとした表情になって、縫い上げたばかりの雑巾を眺めている。雑巾は手縫いに限る、最初から手に馴染んで使いやすいというのが、家計を支えるために、ずいぶん長い間ミシンを踏み続けてきた母の持論だ。母はその手で、これまでにも光哉のためにタオル地の玩具や小さなぬいぐるみなどをいくつも作ってきた。納期に追われ、誰のためかも分からない物を縫い続けていた時とは気持ちが全然違うものだと、その都度、言っていたものだ。

「それで？　いつ帰るって？」

そのうち、としか答えようがない。母は、出来たての雑巾を頬に当てながら、「あんた」と険しい表情になる。

「まさか夫婦別れなんて、考えてるんじゃないだろうね」

文哉は茶碗に目を落としながら、「違うって」と呟いた。少なくとも、自分は考えていない。

「母さんの取り越し苦労だよ。考えすぎ」

礼子だって、そんな事態を避けたいと思うからこそ、気持ちの整理をつけようとしているに違いないのだ。

「じゃあ、何で帰ってこないのかねえ」

母の憂鬱そうな呟きを聞きながら、文哉は、味さえ分からない遅い夕飯を、ひたすらかき込んだ。

2

二週間前、文哉は通勤の途中で警察に捕まった。いつもの駅で電車から降り、いつものように歩き始めたところで、ふいに肩を摑まれたのだ。

「あんた、今、何してたの」

振り返ると、目つきの鋭い小柄な男が立っていた。急に何を言い出すのだと、そのまま振り切ろうとしたが、男は文哉の腕を摑んで「警察の者なんだけどね」と小声で続けた。その途端、まさしく頭の中が空白になった。耳鳴りがして、心臓が冷たく、堅く縮んだ気がした。妙に遠く聞こえる自分の声で「何もしてませんて」と言ってみたが、相手はまるで意に介せず、表情のない顔でこちらを見るばかりだった。

「傍にいたんだってば。見てたんだよ、全部」

「——何をですか」

「あんたのしたことに、決まってるじゃない。いいからさ、ちょっと来てよ、ね」

二、三の押し問答を繰り返したと思う。そのうち、仲間らしい男が近づいてきて「相手の人は、あんたにやられたって言ってるんだぞ」と言った。文哉はますます全身が凍りつくのを感じ、ほとんど脳貧血さえ起こしそうな程だった。そして小一時間もした頃、文哉はそれまでは存在さえ知らなかった駅の構内にある鉄道警察隊の分駐所の一室で、大きな声で「私がやりました」と言わされていた。

「何をやったんだよ」

「女の人を、触りました」

「ただ触ったんじゃ、ねえだろう、ええ？」

「お尻を、触りました」

「誰が」

「私が、女の人のお尻を触りましたっ」

屈辱で、全身が震えそうだった。だが、取り調べをしていた警察官は、勝ち誇ったような笑みを口の端に浮かべて、文哉の背中をぽんぽんと叩いた。

「最初から、正直にそう言えばいいんだよ。なあ、やったことはやったって、素直に認めればさ」

「——すみません」

「それに、あんた、触っただけじゃないんだもんな？　前の部分をさ、女性に押しつけて、こすりつけてたんだな?」

「──すみません」

悔しさに涙さえ浮かびそうだった。人にここまで恥をかかせて良いものかと思った。だが、相手はまるで無表情に、「最低だぞ」と言い捨て、そして、文哉を逮捕すると言った。これまで凍りついていたような心臓が、今度は早鐘のように打ち始め、頭にかっと血が昇るのが感じられた。

「逮捕、されるんですか」

「仕方ないよなあ、だって、これは立派な犯罪なんだから。そうだろう?」

「──もう、二度としませんから、ですから今度だけは──」

「そりゃあ、もう二度とされちゃ困るんだけどね、だが、しょうがないんだ。あんただってガキじゃないんだから、分かるだろう? 謝りさえすれば、一回目だけは許してもらえるっていうんなら、誰だって一回くらい悪いこと、したくなるもんなあ。それにさ、俺の見たところじゃ、あんた、常習だろう」

「そんな──」

「悪いことなんていうのは、そういつまでも続けられるもんじゃないんだってことだよ。あんただって、女房も子どももいるんだろう? 情けないこと、するなよ、な」

何を言っても無駄だった。警察官は、逮捕はするが、身元引受人さえいれば、そのまま帰っても良いと言った。こんな状態でいる自分を、誰にも見られたくないと思ったが、警察に拘留されるのはなお困る。渋々口にしたのは、妻の名前と自宅の電話番号だった。母にだけは知られたくない、息子を誇りにしている母に衝撃を与えたくないと、その思いばかりが頭の中を駆け巡った。

「母は、血圧が高くて心臓も弱いんです。だから、家内にだけ、言ってください。友だちだとか何とか言って、絶対に母には気づかれないようにしてください、頼みます」

健康そのものの母を病人に仕立ててでも、その思いを通したかった。情けも容赦もなさそうに見えた刑事も、文哉の必死な表情に少しは心を動かされたのだろう。一、二時間もして駆けつけてきたのは、妻の礼子だった。

「——どういうことなの」

光哉を母に預けて、友人が急病にかかって助けを求めていると嘘をついて家を出てきたという礼子は、帰りの電車に乗り込むまで、ひと言も口をきかなかった。窓の外をいつもと変わらない風景が流れ、騒音が周囲の音を遮断するようになって初めて、彼女は真っ直ぐに前を向いたまま呟いた。その横顔は、まるで能面のように堅く、そして青白かった。

「よりによって――あなたが――」

普段は心地良く感じられる電車の振動も、ラッシュの時間帯を過ぎて、幾分のんびりと感じられる車内の風景も、まるで人ごとのようにしか感じられない文哉の脳味噌に、礼子が小さく呟いた「痴漢なんて」という言葉が、刃物のように突き刺さった。

――痴漢。痴漢。

そんなのじゃない。そんな卑しい、下劣なことなどしていないと、喉元まで出かかっていた。だが、礼子はそれ以上に口を開こうとはせず、真っ直ぐに窓の外を見ているばかりだったし、他の人の目もあるから、結局、文哉は何を言うことも出来なかった。このまま揃って帰宅しては、かえって怪しまれる。だから、自宅のある駅まで戻ったところで、文哉はいったん電車から降り、会社に遅刻を詫びる電話を入れて、再び電車に乗り込んだ。

「他の女の人を、そんなに触りたいの？　あなた、そんなに欲求不満？」

努めて普段の表情を崩さずに、やっとの思いで一日を過ごしたその夜、母も寝静まった後で、妻は初めて涙を流しながら文哉に訴えた。その濡れた瞳には、明らかな嫌悪感と、ある種の恐怖が満ちあふれていた。文哉は、喉元から絞り出すように「ちがう」と呻（うめ）いた。

単に電車が混んでいた。ちょうど、前に立った女性の背中と自分の身体がぴったりと密着するような状態になっただけなのだと、必死で言い訳をした。だが、礼子の表情は変わることがなかった。彼女は、まるで汚いものでも見るような目で、いくら電車が混んでいたからといって、その手が女性のスカートに潜り込むことなど、どう考えてもあり得ないではないかと言った。そこまで細かい状況を聞かされていたのかと、文哉は愕然となった。

「警察の人、こうも言ってたわ。『御主人は電車に乗り込む前から、ある程度、好みの女性を物色していました』って。ホームで二十分近くもうろうろとして、それから、わざと混んでるドアから乗り込んだんですってね。そんな出来心って、ある?」

電車に乗る前の時点から、もう目をつけられていたのかと、文哉は冷や汗をかいてうなだれた。「誤解だ」という声は力なく消え去り、警察官に取り調べられていたとき以上の屈辱感で、胃の辺りが堅くなっていくのが分かった。礼子の涙は、いつ止まるとも知れず、彼女はしきりに鼻を鳴らしながら、「信じられない」と呟いた。

「喧嘩か何かで警察に呼ばれたっていうんなら、まだ仕方がないと思うわ。だけど、どうして痴漢なの?　よりによって、どうして?」

「そうじゃ、ないんだ」

礼子は、確かに光哉が生まれてからは、育児の疲れもあって、文哉には不自由な思いをさせているかも知れないが、と言い、また鼻を鳴らした。だからといって、そんな形で欲求不満を解消したいのかと、そうも言った。そして翌日、文哉が会社に行っている間に、彼女は光哉を抱いて、福岡の実家に戻ってしまったのだ。それから二週間、文哉は毎日のように会社から電話を入れた。だが、礼子の声はいつも暗く沈んでおり、こちらが何を話しかけても素っ気ない返事しか寄こしてはこなかった。

確かに、人は痴漢というかも知れない。だが実は、文哉にしてみれば、それは瞬間に花開く、世界でもっとも短い恋愛のつもりだったのだ。純粋で切なく、決して成就することのない、ほろ苦いドラマだとさえ思っていた。日頃は口べたで目立たない、誰からも注目されないような自分が、自らの内の野性に気づき、男であることを思い出す、貴重な瞬間でもあった。

文哉が好きなのは、何といっても女性の膝だった。いつから、どうして、そんなに心惹かれるようになったのか、自分でも分からない。気がついたときには、膝小僧を出して歩く女性を見かける度に、胸がときめき、すがりつきたい衝動に駆られるようになっていた。

男のように、堅そうな皿が浮き上がっている膝でなく、うっすらと脂肪が乗っている丸い膝を見るとき、文哉はこの上もない幸福を感じ、同時に切ないような気持ちになった。さらに、その膝の裏側ほどなまめかしく、可愛らしい部分は他にないとも思った。横に一本線が走り、内腿側に脂肪がついて、小さなえくぼが出来ている女の膝は、文哉にとっては永遠の憧れともいえた。

初めて、その膝に触れてみたいという衝動が抑えられなくなったのは、礼子と一緒になる、ずいぶん前のことだったと思う。たまたま電車を待つ人の列の中に、柔らかそうな膝を見つけた。ああ、可愛らしい、何て素敵な膝なんだろうと思い、気がついたときには、その膝だけを追いかけて、同じドアから電車に乗り込んでいたのだ。

男同士の場合、たとえズボンを通してでも、満員電車の中で相手の膝に触れる時は、ごつごつとした堅い感触だけが伝わってくる。いかにも無骨で、譲ることを知らない頑なさばかりが、人を不快にする。だが、女性の膝は、まったく感触が異なっていた。平均的な女性に比べれば多少なりとも長身な文哉は、見知らぬ女性の傍に立って、さり気なく自分の膝をわずかに折り曲げ、相手の膝に触れたのだ。あの時の恍惚感、感激を、今も忘れることは出来ない。

以来、文哉は駅のホームで膝小僧を出して歩く女性を見かける度に接近し、電車の中で触れるようになった。自分の膝頭が電車の振動に合わせて、見知らぬ女性の膝に触れるとき、文哉はそのまま女性ともつれ込む自分の姿を思い描いた。丸く滑らかなその膝に頭をもたせ、抱き寄せて膝の裏に口づけをする妄想の中の自分に酔うとき、文哉は全身の血が駆け巡るのを感じた。

二度、三度と同じ行為を繰り返すうち、文哉は一つの発見をした。たかだか互いの膝が触れあった程度では、女性も特に不思議とも思わないということだ。彼女たちは一様に文哉の行為に対して寛大だった。それが、文哉を複雑な心境にさせ、さらに大胆にもさせた。どれほど取り澄ましたように見せていても、女たちの方でも、ある種の快楽を追い求めているに違いない、文哉が空想の世界で女の服を剝ぎ取り、その膝を思う存分愛撫しているのと同様に、女の方でも、行きずりの男との関係に酔いしれ、我を忘れる様を思い描いているのではないかと、そう考えるようになったのだ。その想像が、さらに文哉を興奮させ、行為そのものを次第にエスカレートさせていった。

女の膝に触れるために、自分の膝も折り曲げれば、自然に腰が低くなる。混雑の具合によっては、相手の臀部に密着する格好になる。その上、感触を味わいたいのが膝であっても、膝を動かせば腰を上下させることになるのだ。その行為を繰り返しているうちに、文哉の中の妄想はさらに膨れ上がり、女のすべてを自分のものに出来るような錯覚にさえ陥っていく。

　その後、文哉は友人の結婚式で礼子と出会った。身長はひょろりと高いが、全体に華奢ではかない印象の娘は、文哉よりも八歳下の、二十七歳だった。だが、その年齢には似つかわしくないほど、彼女は控えめで忍耐強く、地味で堅実な考え方をするようだった。こういう女性こそ、結婚後も母と同居するという条件にぴったりだった。さらに、何よりも母が彼女を気に入った様子だったので、既に三十五を過ぎていた文哉は、いともあっさりと彼女との結婚を決意した。早くに結婚して家を出た弟に比べて、いつまでも奥手で気をもまなければならなかった文哉の結婚を、母は手放しで喜んだ。

「これで、私も肩の荷が下ろせるわ。やっぱり、果報は寝て待てだねえ、こんなにいいお嬢さんとご縁が出来るなんて」

　母が気に入っている礼子を、文哉も大切にしようと決心していた。だが、彼女の痩せた身体は抱いても弾力がなく、その膝は、文哉が恋い慕っているような丸くてふっくらとしたものではなかった。

　――それは、それだ。

　何も、女の膝と結婚するわけではない。膝さえ丸ければ、すべてが幸福になるというわけでもない。だから、文哉は穏やかな家庭生活と、自分の密やかな愉しみとを、明確に区別するようになっただけのことだった。

3

文哉が福岡から戻った翌週、礼子は多少気まずそうな表情で帰ってきた。母は狂喜して久しぶりに顔を見る光哉を抱き上げ、ひたすら「みっちゃん」を繰り返したが、礼子に対する態度は一変していた。

「別に、お里帰りがいけないなんて言うつもりは更々ないわよ。だけどさ、あんた、理由も言わずに三週間も帰ってこないっていうのは、どういう了見なの」

久しぶりに家族全員でコタツを囲み、母は光哉を膝に抱きながら、礼子に対しては冷ややかな眼差しを向けた。

「文哉がおとなしいからって、ちょっと、いい気になってるんじゃないの？」

文哉は「もう、いいじゃないか」と取りなすようなことを言ったが、何の効果ももたらさないどころか、かえって母を苛立たせる結果になった。母は、文哉がそんな風だから、嫁が甘えるのだと言い切った。この家に嫁いできて以来初めて、礼子の瞳に反抗的な表情が浮かんだ。

まずい。ここで礼子を怒らせるわけにはいかない。あんたの息子は、おとなしくて優しいだけの男なんかじゃありませんよ、電車の中で、よその娘のお尻を触って捕まった男なんですと言われたら、すべてが台無しになる。内心で焦りながら、文哉は母と礼子とに挟まれて、二人のやりとりを聞いているしかなかった。

「ねえ、礼子さん。聞かせてちょうだいよ。一つ屋根の下にいながら、お互いに隠し事をするのは気持ちが悪いでしょう？　一体、どういう理由で――」

「――すみません」

「あら、謝ってもらうことなんかないのよ。そんなことして欲しくて言ってんじゃない。あんただって、何も謝らなきゃならないようなこと、したわけでもないんでしょう？　私はね、ただ理由を聞きたいって言ってるの」

「――実家の父が、このところ体調が良くないっていうんで、気になってたこともあったものですから」

「えっ、あら、嫌だ。向こうのお父様、お具合が悪いの？　何でそんな大事なこと言ってくれなかったのよ。知らん顔をされてたなんて思われたら、それこそ、こっちの立つ瀬がないじゃない」

「ああ、いえ、そんな大したことはないんですけど、ただ――」

「大したことないのに、こんなに長い間帰っていなきゃならなかったの？　あんたねえ、礼子さん、嘘を言うもんじゃないわよ」

「いい加減にしてくれよっ」

つい怒鳴っていた。自分の声に驚いて、文哉は一瞬、母と妻とを見比べ、急いで目を伏せてしまった。どうしてと思うほど、顔が赤くなっているのが分かった。

「――いいじゃないか、たまに実家に帰って、羽根を伸ばしてくるくらい」

「文哉――あんた、それでいいの？　礼子さんは、もうこの家の嫁なのよ。それなのに、そんな勝手なことを許すっていう――」

「だから、うるさいって言ってるんだ！　そんな古くさいこと言ってたって、しょうがないんだよ！」

母の顔には、今度ははっきりと驚愕の色が現れた。そして次には、打ちひしがれたような絶望的な表情になる。文哉は、情けなさと申し訳ない気持ちとで、思わず顔を背けてしまった。

母の半生は、決して恵まれたものとは言い難い。文哉の父は酒癖が悪く、酔えば手が出るタイプで、母はよく泣かされていた。その上、女の問題でも、金銭のことでもトラブルを起こし、母はいつでも誰かに頭を下げていなければならなかったと、文哉はこれまでにも何度となく聞かされてきた。結局その酒がたたって、文哉が小学三年生の時に父は他界した。以来、女手一つで文哉と四歳下の弟とを育ててくれた母に対して、文哉は、かつて大声を上げたことなど一度もありはしなかった。喧嘩をしたことがないとは言わないが、我がまま放題で好き勝手なことを言っていた弟と比べて、いつでも仲裁役、なだめ役に徹していた。日中は近所の商店でパートをして、夜は家で洋裁をしていた母を、自分だけは悲しませてはならないと、そればかりを思ってきたのだ。

「古くさい——あんた、お母さんの考えが、ただうるさいだけだっていうの」

母は信じられないといった表情で、まじまじとこちらを見つめていたが、やがて、さも憎々しげに礼子を睨みつけた。

「どこの家でも聞く話だけど、まさか、うちもそうなるとは思わなかったわ。息子なんて、いくら苦労して育てても嫁さんをもらえば、すぐに手なずけられるものだっていうけど、まさか、文哉までそうだったとはねえ」

「——そんなんじゃ、ないよ」

「ああ、ああ、私はね、別に構わないのよ。あんたの女房なんだから、あんたがいいって言うんなら、何も、古くさい私が文句を言う筋合いなんか、ないんだから」

全身に苦々しい思いが広がっていくのを感じながら、文哉は、そのまま口を噤（つぐ）んでしまった。ようやく家族が揃った、子どもも交えて、やっと穏やかで賑やかな日々が戻ってきたと思ったのに、どうも、以前の通りにはいかないようだ。母も、堅い表情で俯いているままの礼子も、無言でそれを物語っていた。

「もう、やってないんでしょうね」

その夜、夫婦だけになると、礼子は以前の彼女とは幾分異なる、きっぱりとした表情でこちらを向いた。

「——当たり前だろう」

「本当ね？」

「本当だって。あれは、たまたま魔がさしただけなんだから」

事実、逮捕されてからこれまでの日々、文哉は一度として、よその女性に触れてはいなかった。むしろ、ミニスカートの娘を見かける度に、意識的に視線を逸らし、不自然なほどに緊張して、上の方ばかり見て過ごしてきたのだ。だが礼子は、それでも完全には信用しきっていない表情で、小さくため息をついた。

「今度だけは私、我慢するけどね——でも、今度だけよ、絶対」

礼子の口調は、きっぱりとして迷いがなかった。つまり、今度また似たようなことがあれば、その時は、母にも隠してはおかないし、結婚生活そのものを終わりにすると、そういうことだ。文哉は、屈辱を嚙みしめながら「すまない」と頭を下げた。

「だけど、いくら何も知らないからって、お義母さんにあんな言われ方をしたら、私だって、どうしたらいいか分からなくなるわ」

「あれは――おふくろだって、あれで心配してたんだ。だから、つい、ああいう言い方になったんじゃないか」

「あなた、ちゃんと取りなしておくって言わなかった?」

　こんなにきつい、冷ややかな話し方をする女だっただろうか。文哉は、我が耳を疑いたくなる気持ちで、前にも増して頬がこけたように見える妻を、上目遣いにちらりと見た。それだけで彼女は、苛立ったように眉根を寄せる。

「あなたが、しっかりしてくれなきゃ、本当に私たち、駄目になっちゃうかも知れないんだから」

「――分かってる」

「あなたのしたことは、女性全体に対してもそうだけど、とにかく私に対して、最大の侮辱なのよ。私、完全に許したわけじゃ、ないのよ」

　そして彼女は、亭主が痴漢を働くくらいなら、まだ浮気をされた方がましだったと言った。文哉は信じられない気持ちになった。特定の相手と、特別な関係を持ったわけでも何でもないではないか。ほんの一瞬、かりそめの恋愛ごっこの中で、ようやくささやかに自分の生を感じている、それだけの楽しみも許せないというのだろうか。そんなことを考えているとき、礼子は改めて「ねえ」と言った。

「本当のこと、言って。私は女として、そんなに魅力がない？」

「――何だよ、いきなり」

「あなた、光哉が生まれてから、私に指一本触れようとしなくなったわ。それは、私だって疲れてたし、あなたの思いやりだと思ってたけど、そういうことじゃなかったわけ？　あなた、どういう女の人を狙って、その――触りたいと思ったの」

丸くて柔らかそうな膝小僧を持った娘だと、言うわけにはいかなかった。身体を近づけただけで、しなやかに寄り添ってくるように感じられる、そんな娘だと、この女に言うわけにはいかない。

「じゃあ、いいわ。もう一つ。そんなこととして、何が面白いの？」

「――面白くなんか、ない。言ったじゃないか、本当に魔が差しただけだって」

礼子には理解できないに違いなかった。あの瞬間、全身の血が駆け巡るのを感じる喜びなど。または膝小僧を見せて歩くだけで、そんな気持ちにさせる女が、世の中には溢(あふ)れていることを。

文哉のすぐ前には、自分に詰め寄ってくる礼子の骨張った膝が突き出していた。花柄のワンピースの上からも、その皿の形がはっきりと見て取れ、太腿も膨らみがなく、ぺたりとしている。もっと、丸く、もっと柔らかな線にならないものだろうか。そうなってくれれば、文哉はその膝を一生でも愛撫し続けられるのに。この世の何よりも慈しんで過ごすことが出来るのに。

「とにかく――帰ってきてくれて、助かったよ」

せめて、少しでもときめく自分を感じたくて、おずおずと手を伸ばしかけると、礼子の筋張った手が、素早く文哉の手を払いのけた。文哉は、こめかみから首筋にかけて、ひんやりと冷たいものが下りていくのを感じた。礼子はすっと背筋を伸ばすと、押し殺した声で「やめて」と言った。

「言ったでしょう？　頭では分かってるって。だけど、どうしても――」

結局、文哉は払いのけられた手で握り拳を作り、自分の腿に押し当てながら、「いいさ」と答えるのが精一杯だった。これは、自分の蒔（ま）いた種だ、礼子を傷つけたのは文哉自身なのだと、そう自分に言い聞かせるより他なかった。

表面上はこれまで通りの生活が戻った。父が遺した古い家には、昼となく夜となく、光哉の泣き声や笑い声が響き、あらあら、よしよしと、母や礼子の声がする。息子が幼稚園に入る頃までには、きちんとした二世帯住宅にしようという目標のために、文哉は毎日、黙々と出勤した。

「今日は？」

「いつも通り」

「行ってらっしゃい」

朝の会話は、そんな程度だった。礼子は、文哉に触れられることは拒絶しながら、それでも毎朝欠かさずに、光哉を抱いて玄関先まで見送りに出た。文哉は決まって路地の手前で振り返り、小さく手を振ってから駅に向かう。時折、背中に視線を感じることがあった。いいわね、馬鹿な真似をしないでちょうだいよ、二度と痴漢なんてしないでよと、粘り着くような視線が覆い被さってくる。礼子のその思いを背負ったまま、文哉は一日を過ごす。

――俺はもう二度と、自分の血の流れを感じたりしないんだろうか。

自分が小心なことはよく承知している。礼子に釘を刺されるまでもなく、ああして逮捕までされ、この上もない屈辱を味わった上で、さらによその女性に触れる勇気は、もう残ってはいなかった。

夜は夜で、やはり会話らしい会話はほとんどない。文哉の仕事は経理で、決算期でもない限りは滅多に残業もないし、同僚は誰もが育ち盛りの子どもや家のローンを抱えているか、または遠距離通勤を強いられているかだったから、付き合い酒といっても週に一度あるかないかだ。その他は、きちんと夕食に間に合うように帰宅するのだが、それから寝床につくまで、文哉はただ戦々恐々として礼子と母に挟まれ、ほとんど身の縮むような思いでテレビを見ているか、新聞を読んでいるかのどちらかだった。

実際、礼子が帰ってきてからの家の雰囲気は、以前とはがらりと変わってしまっていた。文哉が勤めに出ている間、母と礼子とがどういうやりとりをして過ごしているのかは分からない。ただ、帰宅して一歩でも玄関に足を踏み入れると、ああ、また何かやりあったな、今日は少しばかり派手だったらしいなと、そんなことを感じるようになった。それでも、母も礼子も、互いのことは何も言わないのだ。文哉に向かってはひたすら沈黙を守り、幼い光哉を挟んでは愛情を競い合う、そして、表向きは丁寧な口調で「あら」「すみませんね」などと言い合っているという具合だった。

――そのうち、血も涸れていくんじゃないんだろうか。

家を建て直す目標がある以上、滅多な趣味を持つことも出来ない、財布は未だに母がしっかりと握っていた。毎日、代わり映えのしない食卓を囲み、通勤し、風呂に入って眠るばかりの味気ない日々を過ごしながら、文哉はそんな思いにとらわれるようになっていた。まだ四十前だというのに、もうこれから先の人生に、何の愉しみもない気がした。思えば電車の中で女の子に触る程、金も時間もかからずに、満足感を味わえる趣味はなかったのに、もはや、その夢も断ち切られたのかと思うと、ますます気持ちが萎んでいった。半年がたち、一年がたつ頃には、文哉は何もかもを諦めるようになっていた。人生とは、こんなものだ。野性も血の流れも感じる必要など、ありはしない。こうして無事に月日が流れさえすれば、それで良いのだと思うようになっていた。

4

「あ痛っ！」

梅雨明けを控えた休日のことだった。その日、母は珍しく友人と外出しており、ここぞとばかりに礼子が生き生きと家中を歩き回っている間、文哉は悪戯盛りの光哉の相手をしながら、廊下からぼんやりと庭を眺めていた。その時、背後で突然、礼子が悲鳴のような声を上げた。驚いて振り返ると、妻はコタツの傍で膝をついて、顔をしかめている。

「何か踏んじゃったわ」

眉間に皺を寄せ、彼女は自分の足の裏を見ている。そして、「ああ」とため息とも驚きともつかない声を上げ、片手を目の前に掲げた。その指先に、細く、鋭く光る物があった。

「大丈夫か、何だい」

思わず腰を浮かせ、赤ん坊がはいはいをするのと同じ格好で、文哉は妻に近づいた。彼女がつまみ上げているのは、銀色の縫い針だった。

「――踏んだのか」

四つん這いのまま、しかめ面の妻を見上げると、礼子はいかにも忌々しげに針を睨みつけ、心の底から苛立ったように「もうっ」とうなった。

「お義母さんだわ。光哉だっているのに、どうして注意してくれないのかしら」

文哉は、半ば呆けたように礼子の指先を見つめ、それから彼女がもう片方の手で押さえている足の裏を覗き込んだ。春先までは靴下を欠かさなかった彼女も、さすがにこの季節は素足で過ごしているらしい。その、うっすらと汚れている足の裏、ちょうど親指の付け根のあたりに、深紅の、丸い玉が出来ていた。その血の玉を見た瞬間、文哉は心臓がどきりと跳ねるのを感じた。何と美しい、何となまめかしい色なのだろう。

「私がお裁縫出来ないからって、これ見よがしに縫い物なんかするけど、もしもこの針を光哉が踏んだり、万一、口にでも入れたら、どんなことになったと思うのかしら」

それまで一年近く、ひたすら沈黙を守ってきた礼子の口から、堰を切ったように母への文句が飛び出してきた。だが、文哉には「冗談じゃないわよ」という礼子の言葉さえ、ほとんど聞こえていなかった。

——赤いんだな、本当に、こんなに。

思わず、礼子の足に手を伸ばして、畳に這うようにして顔を近づけていた。

「もう、針は危ないって、自分で言っておきながら、これなんだもの。お義母さんはいつだって口ばっかりで——あなたっ」

頭上から礼子の声がした。文哉はほとんど何も考えないまま、彼女の足の裏に出来た赤い玉を、舌の先でそっとなめ取っていた。ほんのわずかに、鉄錆のような匂いが鼻腔に届いた。心臓が激しく脈打っている。一滴のエネルギーが、自分の中に新たに取り込まれたような気持ちがした。顔を離すと、文哉の唾液のついた礼子の足の裏には、また新たな赤が、今度は少しいびつな形で生まれ始めている。文哉は再びその血をなめようとした。

「やめてっ。汚れてるんだから、そんなこと、しないで」

礼子の声は、驚きと困惑を含み、奇妙に艶めかしくさえ聞こえた。文哉は下から妻の顔を見上げた。

「――いきなり、そんなこと」

言葉とは裏腹に、彼女は畳に手をついて、半ばうっとりとしているように見えた。その瞬間、文哉は彼女の肩を押し倒した。実に久しぶりに、荒々しい激情が全身を駆け巡っている。いつもは骨張って、何の膨らみもないと思っていた妻の、足の裏の柔らかい感触が、舌先に痺れるように残っていた。

「待って、待って――こんな場所で」

文哉に組み伏せられた形で、礼子は喘ぐような声を上げる。良いではないか、今日は母も留守なのだし、どこで何をしようと勝手ではないかと答えながら、文哉はかつて満員電車の中で味わっていたものと同様の興奮に包まれていた。廊下では光哉が一人で遊んでいる。雨の降りしきる窓の外には、狭い庭があり、大して手入れの行き届いていない庭木の向こうに隣家の窓が見え隠れしている。

「見られるかもな、誰かに、見られたりしてな」

文哉は半ば残忍な気持ちで、礼子の薄い耳に囁きかけた。礼子の身体が腕の中でぴくんと震え、全身に力がこもるのが分かる。

「ねえ、やめて、お願い」

「いいのか？　やめて、いいのか？　一体どれくらい俺を放っておいたと思ってるんだ？　そんなに放っておいたら、俺はまた、何をするか分からないぞ」

わずかに汗ばんだ礼子の首筋に唇を這わせ、片手を忙しく動かしながら、文哉は囁き続けた。いやいやをするように首を振っていた礼子の身体が、やがて反応し始めた。

——俺にだって、血が流れてる。今、俺の身体中を猛スピードで駆け巡ってる。

かつて、これほどまでに礼子を抱きたいと思ったことはなかった。それもこれも、すべては彼女の流した一滴の血のせいだということを、文哉は十分に承知していた。

「——してないでしょう？　あなた、もう、してないのね？　私だけね？」

喘ぎながら、礼子が囁いた。その瞬間、文哉の心臓はひやりと冷たくなった。礼子は潤んだ瞳でこちらを見上げている。その手は、しっかりと文哉の背に回されていた。少しの間、彼女の顔を見つめて、文哉はすっと彼女から身体を離した。

「——まだ、信じられないのか」

傍らにあぐらをかき、唸(うな)るように呟くと、礼子は驚いたように上体を起こしてきた。ワンピースの胸元をはだけ、裾は腰まで上がったままの格好で、彼女はすがるようにこちらを見ている。

「君はまだ、俺を信じていないのかっ」

「だって、あなたがあんなこと言うから——」

「そうだろう、信じてないんだろうっ」

実を言えば、さほど腹が立っているわけではなかった。ただ、萎えてしまったことを誤魔化す必要があった。それでも礼子は「ごめんなさい」と繰り返し、まだ上気している顔をすり寄せてきた。

「私だって──辛かったのよ。淋しかったんだから。去年からずっと」

ほとんど機械的に、妻の肩を抱き寄せ、その髪を撫でてやりながら、文哉はぼんやりと雨の降りしきる窓の外を見やった。たった一滴の血がもたらすエネルギーなど、この程度のものなのだろうか。

「本当よ、だって、そうでしょう？　あなたが、他の女の人に、しかも電車の中で変なことをしたなんて、想像しただけで頭が混乱して──」

「──もう、分かったから。過ぎたことを、いつまでも言うなよ」

それにしても、あの血の玉は、本当に美しかった。宝石のようだった。それに、あの鉄錆のような味はどうだ。文哉は、もう一度あの味を蘇らせようとした。鼻の奥に残る微かな生臭さを、留めておきたいと思った。

この時になって、ようやく気づいていた。確かに女の膝には、今だってこの上もない魅力を感じる。柔らかい肉体に溺れたいという欲望もある。だが実のところ、文哉はそんな物に対して全身全霊で打ち込み、果てることを喜びとしているわけではなかった。だからこそ、妻を抱くことよりも、朝晩の電車の中で、そっと見知らぬ女に寄り添うことの方が、気楽でもあり、満足感も大きかったのだ。果てることがないと思うからこそ、飽きることがなかった。

要は、自分を奮い立たせる何かに出会うことによって、文哉は身体中を駆け巡る血を感じたいのだった。生きている実感を、日頃は奥底に隠している野性の本能を、感じ取りたいのに違いない。そうでなければ、文哉はまるで自分を、藁(わら)で出来ている案山子(かかし)か、機械仕掛けの人形のようにしか感じることが出来ない。この一年がそうだったように、母の幸福と家庭の安定、子どもの成長と妻の笑顔、そんなものだけを望みながら、ひたすら働き続ける回路を備えつけたロボットにしか思えなくなるのだ。

「あ、みっちゃん、駄目駄目!」

廊下の先でがたん、と音がした。それまで子犬のように身体をすり寄せていた礼子は、それを合図のように、ようやく立ち上がった。ワンピースの裾を直し、前のボタンをはめながら歩いていく妻を見上げて、文哉は「消毒しておけよ」と声をかけた。

「――そうする」

小さく振り返った礼子は、はにかんだような笑みを浮かべていた。それから思い出したように乱れた髪を手で撫でつけ、小走りに行ってしまった。

週が明けると、またいつもの通り会社へ通う毎日が始まった。

「ご苦労様、行ってらっしゃい」

土日をかけて、この一年以上の隙間を埋めるほどに愛してやった礼子は、新婚当初のような笑顔で見送りに出てきた。文哉もまた、晴れ晴れとした笑顔でそれに応えた。彼の変化を、妻は自分に都合の良いように解釈しているに違いない。これで元通りの、穏やかで明るい家庭が戻ってくると信じてもいるだろう。そして彼女の機嫌が良くなれば、自然に母も対応が穏やかになる。

――家庭は円満が一番だ。

さて、やっと一人になれる。自分だけの世界に浸れると思うと、それだけで足が軽くなる。文哉は、はやる心を抑えるように、大股でゆっくりと駅に向かった。上着のポケットには、母の裁縫箱から抜き取った一本の縫い針をひそませている。休日の間に、密かに自分の指先を刺したりして遊んだ結果、文哉は一つの結論に達したのだ。それは、もう二度と痴漢などに間違われないため、それでもほんのささやかな快感を味わうために、自分に代わってこの針に、女性の身体に寄り添ってもらおうということだった。

5

朝晩の混雑している電車内で、若い女性が衣服に針を刺される被害が続出していることが報じられたのは、それから一カ月近くもたった頃だった。例年よりも幾分長引いた梅雨がようやく明けて、関東地方は連日、うだるような暑さに見舞われていた。

《――これらの被害は、先月の中旬頃からJR山手線と京浜東北線、東京メトロ丸ノ内線などで起きているもので、これまでに六件が届けられています。いずれの場合も裁縫用の縫い針が使用されており、女性のブラウスやスカートなどに刺されているというものですが、身体を動かすと身体に刺さる場合があり、また人混みの中では、隣り合った別の人物が被害に遭うこともあって、警察では悪質な悪戯とみて、注意を呼びかけることにしています》

それは、何とも不思議な感覚だった。自分のよく承知している出来事が、公共の電波に乗って報告されている。文哉自身は、人混みに紛れて密かに刺した針の行方を最後まで追うことなど出来るはずもなく、当初、思い描いたように、見知らぬ女性の肌に赤い血の玉が生まれるところさえ見られず、ただ針を刺す瞬間に密やかな悦びを感じる他は、ひたすら想像をたくましくしているのがせいぜいだったのに、こんな形でその後の顚末を知ることが出来ようとは思ってもみなかったのだ。

「こう暑くなってくると、妙なのが出てくるもんだわねえ」

熱心にテレビの画面を見つめていた母が、振り返りざまに呟いた。すぐさま、礼子が「本当に」と相づちを打つ。文哉が予想した通り、家庭内には以前と変わらない活気と平穏が戻っていた。あの休日以来、礼子はそれまでの苛々がなくなって、代わりに自信を取り戻したようだった。その自信が彼女に余裕を持たせ、母に対する態度も、以前のように柔らかく、ゆったりとしたものに戻っていた。礼子がそういう出方をすれば、自然に母の方も態度を軟化させる。もともと礼子は、文哉以上に母が気に入った嫁なのだ。

「何が楽しくて、そんなことするんでしょうね」

「さあねえ、この頃の人は、本当に何を考えてるか分からないもの。見た目は普通の人だったり、するんでしょうよ」

一日に一本と決めている中びんのビールをゆっくりと味わいながら、食べ物をおもちゃにしようとする光哉、礼子、そして母を順番に眺めて、文哉は思わず小さくほくそ笑んだ。礼子が文哉の視線に気付いて、やはり小さな微笑みを返してくる。

たった一本の針が、こんなにすべてをうまく運ばせてくれるとは。文哉は満足だった。

針は、いつでも電車の混雑に紛れて、決して誰の目にも触れないように、細心の注意を払って刺している。直接、相手の身体に触れることもせず、誰にも気付かれずに、密かに、そっと銀の針を潜り込ませるときの興奮は、膝小僧ばかりを狙っていたときよりも遥かに上回るものだ。

「ああ、この前見たのは、それだったのかな」

グラスを片手に、さり気なく口を開くと、母と礼子が「え？」という表情でこちらを見た。文哉は、電車の中で「痛い」と悲鳴を上げた女性の声を聞いた朝があったのだと作り話をした。

「あら、きっとそうだわよ。あんた、見たの？　へえ」

母は、最初は半ば感心したような表情で頷いていたが、「でも」と言うなり、今度は深刻そうに口元を歪めた。

「今度のは、狙われてるのは若い女の子だけだっていうから、あんたは心配ないだろうけど、災難なんて、本当、どこに転がってるか分からないんだもの、気をつけてもらわなきゃねえ」

「そんなこと言ったって、たとえば通り魔なんて、気をつけようがないよ」

「そうだけど、気をつけてちょうだいよ。みっちゃんだってこれから大きくなるんだし、私たちの将来は、全部あんたの肩にかかってるんだからね」

「そうよ、気をつけてね、パパ」

礼子までが真剣な表情でこちらの顔をのぞき込んでくる。幼い光哉が彼女の真似をして「パパ」と笑いかけてきた。

彼女は最近になって、文哉を呼ぶときに必ず「パパ」と言うようになった。そうすることで、文哉自身にも父親としての自覚が芽生えていくのだと、母からアドバイスされたのだそうだ。

――お義母さんなりに、考えてるのよ。何しろあなたは父親との縁が薄かったから、愛された記憶も大して残ってないはずだから、きっと光哉に対するのも、手探りのはずだって。

そう言われてみれば、文哉は亡父に可愛がられた記憶というものがほとんどない。だが、だからといって、何かの不自由を感じたこともなかった。その分、母が常に文哉を守り、慈しんでくれたのだから、それで十分だと思っている。

「おふくろは、ああ見えて心配性なんだよな」

その晩も、夫婦の寝室に戻ると、文哉と礼子はそんな会話を交わした。タオルケット一枚を腹にかけて、文哉の隣に寝転がっていた礼子は、わずかに悪戯っぽい表情で、

「パパと光哉のことに関してはね」と答えた。文哉は何となく不愉快になった。どうもこの頃、礼子はひと言多くなってきた。

確かにこの家には以前と同様か、それ以上の穏やかさが戻った。毎日、帰宅する度に家の空気を探る必要もなくなってきたと思う。だがその一方で、礼子自身は少しずつ変わってきている気がするのだ。彼女は確実に遠慮を知らなく、図々しくなり、この家の雰囲気そのものを、自分の好みに変えようとしている気配が感じられた。母と文哉とで守ってきた我が家の雰囲気、長い間慣れ親しんできた空気が、徐々に変わりつつあるという感覚を、文哉は決して快く思っていなかった。

「だから、お義母さんには、余計なことは言わない方がいいんだものねえ？」

文哉は、横目で礼子を一瞥すると、そのまま寝返りを打ってしまった。背後から「あ、怒った？」という無邪気な声が聞こえたが、返事をする気にもなれなかった。

——この分だと、明日も、だな。

家庭や職場で面白くないことがあったときや、特に苛立つほどではないにしろ、我ながらため息が多いなと思う一日を過ごした時を、文哉は「決行」のきっかけに使っていた。どこかに歯止めをかけておかなければ、それこそ毎日のように針を持って歩きそうな自分が怖かったし、もう二度と、警察に捕まるような事態に陥らないためには、いくら注意しても、し過ぎるということはないと思っている。

「ねえ」

「ああ」

「愛してる？」

「ああ」

「あのね」

「ああ」

「お義母さんがね、光哉を一人っ子にするつもりじゃないんでしょうねって」

「――」

「パパが定年になる前に、子どもは全部、大学を卒業させておかなきゃねって」

「――」

「私も、そう思うのよ。あなたは結婚が遅かったんだから、その辺のことは、もう少しちゃんと考えなきゃいけないんじゃないかなって」

「――ああ」

母の希望をかなえるためならば、あと一人や二人くらい、子どもを持つのも悪くはないと思っている。だが何よりも、そういう言い方で自分を誘う礼子が、不快で仕方がなかった。厚かましく、どん欲で、好色な女にさえ思われた。

「ね？　だから――」

「寝るぞ」

礼子に背を向け、腕組みまでして堅く目を閉じると、やがて「はいはい」という呟きが聞こえて、オレンジ色に小さく灯っていたベビーランプが消された。大きく息を吐き出すのが聞こえて、何かごそごそ動いた後、礼子は静かになった。

――これが俺の女房なんだ。光哉の母親で、ゆくゆくはおふくろの面倒も見ることになる、俺の女房。

エアコンの風が、弱々しく額を撫でていく。文哉は密かにため息をつき、闇の中で目を開けた。光哉を一人っ子にしたくないという母の希望はかなえてやりたいとは思う。文哉自身も、母のその考えには賛成だった。だが、そのために礼子を抱き続けるのも、何とも面倒な気がしてならない。偶然にしても、また文哉の野性を呼び覚ましてくれるようなアクシデントがない限り、あの生々しい鮮やかな血でも見せてくれない限りは、文哉はいつでもまったく他のことを想像しながら、義務感だけで子作りに励まなければならないということだ。

そうだ。

礼子が血を流してくれれば一番早いのだ。礼子さえ、その気になってくれれば、文哉は何も危険を冒して針など持ち歩く必要はないのだし、誰かに見つかるのではないか、また捕まるのではないかと、おびえ続ける必要もない。

——礼子さえ。

背後から、微かな寝息が聞こえ始めた。文哉は、妻の健康そうな寝息を聞きながら、彼女が身体のどこかから血を流す様を想像し始めた。苦痛に顔を歪め、困惑したように傷口を見つめる彼女を思い描いた。足？　それとも手だろうか、いや、腕か？　あの、針を踏んだときのように叫ぶだろうか。赤い血液は、彼女の肉体の、どこを伝って落ちるだろう。流れる血を丁寧になめ取ってやる自分の姿まで想像して、文哉は、いつになく身体の奥底からぞくぞくとした悦びが湧き起こってくるのを感じた。

——見たい。もう一度、見たい。

ほんの少しだけで構わない、その肉体の内側を流れているものを見せてくれれば、文哉は今度こそしっかりと、その匂いと味とを記憶の底に刻みつけることが出来る。真っ赤な血を流す妻を、身体の隅々まで愛することが出来るだろう。

もちろん、わざとそんなことをするわけにはいかない。それは分かっている。だが、礼子は妻なのだし、何も公衆の面前で彼女を傷つけようというのではないのだ。そう考えると、通勤電車の中で虚しく針を刺し続けるよりも、ずっと健康的で安全な気がしてきた。何とか偶然を装って、礼子に怪我をさせることは出来ないものだろうか。ほんのちょっとした、一時間後には忘れる程度の、そんな傷を与えることは出来ないものか。

その夜、文哉はなかなか寝つくことが出来なかった。またしても針を踏むか、包丁で手を滑らせるか、何かの形で怪我をする礼子の姿を見たくて仕方がなくなっていた。それが、結果としては母を満足させることにもつながり、光哉に兄弟を与え、また、文哉自身の活力になるのだと思うと、是非とも、そうしなければならない気持ちになった。

その後、文哉は針も持ち歩かなくなり、かといって、どうしたら礼子の身体を傷つけられるものかも分からないまま、ただ悶々と数日を過ごした。毎日確実にストレスがたまっていくのを感じる。この暑さの中で、余計に消耗していく気がしたが、妄想ばかりをたくましくする自分自身にも、少しばかりの不安を抱くようになって、どうすることも出来なかった。

そんなある日、珍しく同僚から暑気払いに誘われて、軽く酒を飲んでから帰宅すると、四歳違いの弟が来ていた。

「何だ、久しぶりじゃないか」

茶の間で母と共にコタツに向かっていた和哉（かずや）は、しばらく見ない間に、ずいぶん顔つきが変わって見えた。母は、今にも泣き出しそうな顔で俯いている。玄関まで迎えに出た礼子も堅い表情をしていた。コタツの上には、飲みかけのビールとグラス、それに二、三のつまみが出されていたが、「まあね」と答えた和哉の雰囲気からすると、もう既に大分酔っているようだった。

「母さんと兄貴に、頼みたいこと、あってさ。待ってたんだ」

取りあえず汗を流してさっぱりしたいと思ったのに、和哉がどことなく凄みさえ感じる表情で言ったから、文哉は急いでスーツだけ脱ぎ捨て、トランクスの上からTシャツを着込んで、いつもの席に座った。

「文哉――和哉がね、この家、売ってくれって言うのよ」

たまりかねたように口を開いたのは母だった。文哉は一瞬、何のことだか分からずに、母と弟とを見比べた。

「そうじゃないって。ただ、俺にだって、多少なりとも受け継ぐ財産があるんじゃないのかって、そう言ったんだ」

「財産て、お前――」

礼子がそっとグラスを持ってきたが、ビールを飲むどころではない、これまでの酔いさえ、すっかり醒めるような気がした。

「だから、俺の取り分を今のうちにくれないかって」

「何か、あったのか」

弟は、返事をする代わりに荒々しく息を吐き出す。代わって母が、仕事がうまくいっていないらしいと言った。文哉は恐る恐る弟の顔をのぞき込んだ。生活の基盤が崩れかけている、仕事が失くなろうとしているなどという状況ほど、文哉を怯えさせるものはない。弟の身にそんなことが起きていると思うだけでも、恐怖と不安に押しつぶされそうな気がした。

「うちもさ、バブルの頃に手を広げすぎたんだよな。まあ、そのツケが回ってきたって言えば、それまでなんだけど」

文哉と違って行動的な性格の和哉は、大学を卒業すると同時に数人の仲間と小さな会社を興していた。一時はずいぶん羽振りが良くて、オール電化の高級マンションを買い、外車を乗り回すような生活を送っていたのに、この数年、経営は赤字の連続で、ついに社員のボーナスさえ払えない状態になったのだという。

「母さんや兄貴が借金嫌いだってことは、分かってるさ。だから、借金じゃなくて、俺の取り分をもらえないかって、そう言ってるんだ」

和哉には、追い詰められた男の鬼気迫る雰囲気が漂っていた。だが、日頃は何でも受け入れてきた文哉も、この家だけは手放すわけにはいかない。

「お前の取り分っていうけど、うちの財産なんて、この家だけなんだぞ。だけど、この家を処分したら、母さんはどうなるんだよ」

「それくらい、兄貴が何とでも出来るだろう？」

「冗談言うなよ」

「冗談でこんなこと、言うかよっ！」

和哉は目を血走らせ、食いつきそうな表情でこちらを睨みつけてくる。それでも文哉は、今度ばかりは譲れないと自分に言い聞かせた。ここで何もかも失ったら、すべてを自力で建て直す自信など、あるはずがない。こんな古くて小さな家でも、父が遺してくれたからこそ、何とかやってこられたのだ。

「なあ、頼むよ。もう、頭を下げられるところなんか他にないんだって。伸るか反るかっていうときなんだよ」

「――無理だよ。来年か再来年には、建て直すつもりで、それで何とか計画を立ててきたんだし――」

「勝手なこと、言うなよ！　俺にだって権利はあるじゃないか！」

鼓膜を震わすような怒鳴り声が響いた。和哉は血走った目でこちらを睨んでいる。その向こうに、礼子の怯えきった表情が見えた。

「勝手なのは、お前の方だろう！」

文哉は勇気を振り絞って負けじと声を張り上げた。その途端に、弟の手が伸びてきて、強烈な力で摑みかかってきた。

「どうして分かってくれないんだよっ！」

「やめろっ！」

「俺だって、必死なんだよ！」

文哉は幼い頃から、取っ組み合いの喧嘩などしたことがない。文哉は弟に恐怖を覚え、頭の中が真っ白になりそうになった。母と礼子の「やめなさいっ」「パパっ！」という悲鳴に近い声も聞こえた。和哉は驚くほど力が強かった。

「だからって、だからって、この家は売れないんだっ、売れない！」

「じゃあ、俺に野垂れ死にしろって、そう言うのか！　俺にだって、女房も子どももいるんだ！」

「こればっかりはお前の思う通りには、いかないんだ！」

ほとんど組み伏せられた格好で、文哉は必死でもがき、宙をかいた。ガチャンという耳障りな音がした。もがいた手が、必死でコタツの縁に摑まりかけたとき、文哉は右手のひらに鋭い痛みを感じた。あっと思った瞬間、全身の力が抜けた。和哉に馬乗りにされたまま、文哉は、ぼんやりと手のひらをかざした。

「やだっ！　パパ！」

「文哉！　和哉、やめなさいっ！」

女たちの声が交錯する。文哉の手のひらには、ざっくりとガラスが刺さっていた。その、きらめく破片を伝って、真っ赤な血がほとばしり出ている。グラスが割れたのだ。割れて、刺さった。

さすがの和哉もはっとした様子だった。急に静寂が戻り、弟は息を弾ませながら、文哉の上から離れた。

——俺の、血。赤い、真っ赤な、俺の血。

それは陶然となるほど鮮やかで、美しかった。文哉は家族の存在も忘れて、むっくりと起き上がった。かなり深く刺さっている気がする。手のひらの小指側、ちょうど肉の盛り上がっている辺りに、ガラスは血を滴らせたままで輝いていた。

「あ、兄貴——ごめん、俺、つい——」

和哉の声が聞こえたときには、文哉は自分のものとも思えないほどの、獣のような咆哮を上げていた。ガラスが刺さったままの手のひらで拳を作り、思い切り振り回す。血が飛んだ。鈍い感触と鋭い痛みの両方が脳天まで響いて、和哉の頬に、右手がめり込んでいた。

6

「兄弟なんでしょう？　ガラスが刺さったままの手で、どうして殴ったりしたんです」

青白い蛍光灯の下で、医師が静かな声で呟いた。文哉は呆けたような状態で、医師に右手を預けていた。あの後のことは、よく覚えていない。自分の手のひらから滴り落ちる血を見た途端に、何が何だか分からなくなった。とにかく、俺は生きている、俺の血は赤いと、そんな言葉ばかりが頭の中を渦巻いて、かつて経験したことのない高揚感が、文哉のすべてを支配していた。

「破片が残ってるかも知れないな。ちょっと待ってください」

顔に痣(あざ)を作った弟に付き添われて駆け込んだ救急病院だった。見ない方が良いと言われたが、つい見てしまう。当直の外科医は、ざっくりと切れている文哉の傷口に、細長い針金のようなものを差し込んでいた。一応は麻酔をかけたが、ずきずきと痛み続けている右手からは、今も血が噴き出し続けている。その中にカチリ、という微かな感触があった。

「やっぱり、小さな破片が残ってる。洗浄しないと駄目だな」

医師は背後に控えていた看護師に何かを命じ始めた。二の腕で止血をされたまま、文哉はぼんやりと傷口を眺めていた。赤い血が、惜しげもなく流れ続けている。美しい、ぞくぞくするほど艶めかしい色だ。

「――破片が残ってると、どうなるんです」

「そりゃあ、危ないですって。下手すると血管の中を移動し始めますからね」

「移動したら――どうなるんですか」

医師は、ふいに不思議そうな顔でこちらを見、それから「そうだなあ」と眉をひそめた。

「ガラスって、レントゲンでも写りにくいんですよ。だから、結構、厄介です。動脈に入った場合は、毛細血管まで行って、そこで止まるかも知れないし、静脈に入った場合は、最終的には、肺か、心臓か――そのあたりに残る、かな」

看護師が、ホーローびきの洗面器を持ってきた。中になみなみと透明の液体が満たされている。

「消毒液です。取りあえず、この中で洗いましょう。痛いと思いますが、ちょっと我慢してください」

　文哉は黙ってされるままになっていた。いくら麻酔をかけていても、痺れるような痛みと、皮膚の内側を探られているような嫌な感覚がある。だが、この血の美しさに比べれば、そんなものはどうということもなかった。

「――適当で、いいですから」

「は？」

「もう、適当で。大丈夫ですから」

　不思議そうな顔でこちらを見ている医師に、文哉は、うっすらと微笑みかけていた。幼い頃に母から聞かされた話が蘇る。自分の体内を、身体中を駆け巡る小さな針を想像していた頃のことを思い出した。今度は針ではなく、きらきらと輝くガラスが、赤い血液に押されながら駆け巡るのだ。そう思うと、痛みも忘れて不思議な愉(よろこ)びが湧いてくる。

「まあ、出来る限りのことは、しますけどね」

　もう医師の言葉さえ、ほとんど聞こえていなかった。そうだ。他人の血が流れるところばかり望んでいたから、話が厄介になるのだということに、ようやく気がついた。文哉は、単に自分の血流を感じ、生きている実感を得たかっただけだ。

「一度、入ったら案外厄介なんですから」

医師は、消毒液に浸けられた文哉の手を丁寧に洗浄しているらしかった。頼むから、余計なことはしないでほしい。たった一つで良いから、小さなガラスの破片を残しておいてほしいと祈りながら、文哉は目をつぶった。早くも、手のひらから入った小さな破片が、きらめきながら自分の肩口まで上ってきている気がしてならなかった。

今すぐにでも礼子を抱きたいと思った。

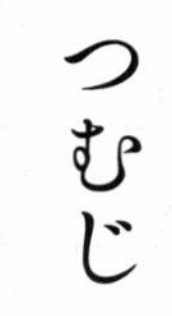
つむじ

1

横断歩道の手前で信号待ちをしていると、頭にぽつりと感じるものがあった。反射的に空を見上げる。確かに、いつ降り出してもおかしくない、厚い灰色の雲が空一面を埋め尽くしている。だが、ビルの陰などに目を凝らしても、そんな空から落ちてくる雨粒は目にとまらなかった。

「こうも結婚式ばっかり続くんじゃあ、たまらないわ。女の子の多い職場に、こういう落とし穴があると思わなかった」

隣から憂鬱そうなため息が聞こえてきた。振り向くと、斜め下の肩の辺りに、わずかに唇を尖らせている菊香の顔がある。その顔を一瞥して、赤尾将生は小さく微笑んだ。

「フォーマルの服ばっかり買ったって、普段に着られるわけでもないし、不経済だったらありゃしない。その上、お祝いだって出さなきゃならないんだもん。もう、憂鬱」

彼女は、学生時代の友人や職場の仲間が結婚する度に、「憂鬱」と言う。それは、別段新しい服を買わなければならないことばかりを指しているわけではないことくらい、将生も承知していた。先を越された、自分だけが取り残されそうな焦りが、彼女を憂鬱にしているのだ。

「男だったら、いつでも同じスーツで構わないのにな」

それでも、将生はいつも意識的に彼女の憂鬱の原因に気づかないふりをしていた。時には、彼女の苛立ちは、そのまま将生に向けられることもある。いつまで私を放っておくの。このまま、ずっと友人の見送り役ばかりさせておくつもりなの。だが、将生はとぼけていた。こちらには、まだそういう気はないからだ。

「そういう点、男の人って楽よね。体型さえ変わらなかったら、いつまでだって着られるんだもの」

ほらほら、また八つ当たりが始まりそうだ。せっかく買い物にまでつきあってやってるのだし、ここは何とか機嫌を直してくれなければ、つまらないと考え始めたとき、また頭にぽつりと感じた。本当に降ってきたかと思ったが、菊香の方はまるで気づかない様子で、口を尖らせたままだ。

「お化粧だってしなくていいんだし、楽よねえ」

信号が青にかわった。足止めを食らっていた人たちが、一斉に歩き出す。休日の午後ということもあって街は賑わっていたが、こんな天気のお陰で、何となく寂しげな雰囲気だ。ビルの隙間を、冬の気配を感じさせる風が吹き抜けていく。こんな日は、確かに車で遠出するよりも、街にいて買い物でもする方が正解かも知れない。昨晩になって、菊香は今日のデートを、ドライブから買い物に変更したいと電話してきたのだ。

「本当は会社の帰りに適当に買っちゃおうかとも思ったんだけど、時間がなくて焦ってると、まるで見つからないし、やっぱり、誰かに見て欲しいじゃない？　会社の友だちじゃあ、何を着ていくか分かっちゃうし、やっぱり、まあクンに見てもらうのが一番いいと思って。この前、まあクンに選んでもらった服も、すごく評判よかったから」

将生は気軽に「いいよ」と答えた。そして、こうして二人で街を歩いている。

以前の将生は、女の買い物につきあうことほど、面倒臭くてだるいことなど他にないと思っていた。モテる男の条件として、優しさが筆頭にあげられることくらいは十分に承知していても、女の尻について歩く自分の姿など、とてもではないが想像したくもなかった。それが、どういうわけか菊香とつきあうようになってから、将生は彼女の「だって、まあクンと一緒がいいんだもの」というひと言に引きずられるように、どこへでも一緒に行くようになった。不思議なくらいに、それが何の苦にもならなかった。それは、菊香が甘え上手なせいかも知れないし、彼女がいつでも将生の意見を重視して、「まあクンてセンスいいのね」とか「一緒に来てもらってよかったわ」などと言うせいかも知れない。ことに、将生より一つ年上の彼女が、自分を頼りにしているという感覚が、将生にとっては新鮮でもあり、また自尊心をくすぐるものでもあった。

「あら、雨」

横断歩道を渡り終える直前に、ふいに菊香が声の調子を変えて言った。白くて小さな手を雨粒を受けるように前に出して、彼女は空を見上げている。その頃、将生の背後でも、「あれ、雨か」という声がした。今度は将生の中で、憂鬱の虫がざわりと動いた。

「どうしよう、傘持ってこなかった」

菊香は一重瞼の小さな目を精一杯きょろきょろさせながら、細い眉をわずかに寄せた。ふっくらした輪郭に、目と眉の間が開き気味で、しかもおちょぼ口という、百人一首にでも描かれていそうな古風な顔立ちの彼女には、弾けるような笑顔よりも、こんな憂い顔の方が似合っていると思う。世の中の心配事のすべてが彼女一人に降りかかってしまったような、そんな印象を与えるのだ。だが、自分が憂鬱な時には、そんな菊香の顔も将生の心を映し出しているように見えることがあった。将生は慌てて気持ちを切り替えようとした。

「どうせデパートに行くんだから、出る時も降ってたらビニール傘でも買えばいいさ。どっちみち、駐車場までなんだから」

本当ならデパートの駐車場に入れられれば良かったのだが、ひどく混んでいる様子だったし、そのデパートにたどり着くまでが、道路が渋滞して苛立つことこの上ないから、車は駅の反対側にあるパーキングビルに入れてきた。その方が、街をぶらぶら出来ていいわね、などと言っていたくせに、菊香は「そうだけど」と、また憂鬱そうに口を尖らせる。そして、この上また傘まで買うことになったら、本当に不経済だと嘆いた。

「使い捨ての傘なんか買ったって、後でろくに使わないことを考えたら、それなりにちゃんとした傘を買っておいた方がいいのよね」

一年足らずのつきあいの中で、彼女が倹約家であることは、将生もよく承知している。結婚したら、さぞかししっかりしたカミさんになることだろうということは、常々感じることだった。

「それなら、俺が買うって。新しい折り畳みが欲しいと思ってたんだ」

すると、今度は菊香はほっとした表情になった。そして、小さな目をさらに細めて笑顔になる。本当に、マンガにでも出て来そうな、線だけで出来ているような顔。その顔と、小柄な部分が、将生は特に好きだった。とにかく一緒にいても目障りにならない。そうインパクトが強いとも言えないが、かといって飽きもこない、こういう顔が、暑苦しくなくて気が楽だ。

いくら買い物につきあうことには抵抗がなくなったとはいえ、やはりデパートの婦人服売場という場所は、将生には窮屈な場所だった。必要以上になれなれしい販売員の姉ちゃんは、「あら、彼と一緒？」などと余計なことを話しかけてくるし、一人で来ている買い物客からは、冷たい視線を送られる。そして時折は、自分と同様に恋人の買い物につきあわされている男と目が合って、お互いに何となく気恥ずかしい思いをすることもあった。

「これ？　ちょっと地味じゃない？」

「そんなことないって。こういう服の方が、逆に控えめで上品に見えると思うよ」

「私に似合うと思う？」

「菊香みたいに色が白いと、その白さが引き立つんだって。第一、黒やピンクは持ってるわけだろう？　下手に赤や青なんて着てみろよ、けばけばしいばっかりだしさ、何年かしたら、もう着られないよ。グレーじゃ平凡だし、こういうブラウン系って、案外少ないんじゃないか？」

フロアを一巡りして、ようやく何着か、めぼしい服を見つけ出した後、菊香はいよいよじっくりと検討を始めた。将生にしてみれば、口から出任せに適当なことを言っているだけなのだが、菊香は「なるほど」という表情になって、将生が選んだモアレ柄のココアブラウンのドレスを身体から離したり近づけたりして眺めている。

「とにかく、試着してみろよ」

「そう、してみようかな」

　二人の背後で控えめにしていた販売員が、ここぞとばかりにいそいそと動き始める。同時に、将生は菊香の肩からショルダーバッグを外してやった。こうして、彼女が試着している時には、荷物を持っていてやるというのが、最近の将生にとっては、ごく当たり前の行為になっている。大抵の場合、そんな様子を店員たちは、愛想笑いとばかりも言い切れない、ある種の羨望の入り交じった表情で眺めている。

「お済みになりましたら声をかけてくださいね」

　白い扉で仕切られた小さな箱に菊香が消えると、将生はいよいよ所在ない気分になって、彼女のバッグを持ったまま、店内をぶらつき始めた。それにしても女性の服というのは何と高くつくものかと、そんなことを考えながら、ふと顔を上げると、鏡の中の自分と目が合った。ディスプレイの都合か、その鏡は、わずかに倒れかかるような角度になっている。自然に、将生は自分の姿を斜め上から見ることになった。

　——やっぱり、ちょっと来てるかな。

　さっき、やっとの思いで封じ込めたつもりの憂鬱の虫が、またざわざわと動き始めた。最近、雨の降り始めを人よりも早く感じるようになった。シャンプーをした後など、排水溝に流れ着く抜け毛が前よりも増えた気がする。朝起きたときに、枕にも抜け毛がついていることがある。それらが何を意味するか、自分では気づかないふりをしたかった。だが今、こうして改めて上目遣いに鏡に映る自分を眺めれば、認めないわけにいかない。髪が薄くなり始めているのだ。それも、頭のてっぺんから。

——やばいよなあ。マジかよ。

いくら何でも、まだ早いという気がする。将生はまだ二十七だ。今からこういう心配をするのは、少しばかり残酷過ぎる。そう思うからこそ、現実から目をそむけてきたのだが、目映(まばゆ)いばかりの店の照明に当たると、確かに頭のてっぺん付近の頭皮が透けて見えていた。額の辺りに、思わず汗が滲みそうになった。この自分にそういう運命が待ち構えていたなんて。親父だって、祖父さんだって、髪はふさふさだというのに。いや、待てよ、そういえば、母方の祖父がいた。将生が赤ん坊の頃に亡くなったと聞いている祖父の遺影は、確かにはげている。

——冗談じゃねえよ。そんなところだけ、受け継いだのかなあ。

つい、頭に手を伸ばそうとしかけた時、カチャッという音と共に、試着室の白い扉が開いた。

「どう?」

布地にボリュームがある分、デザインそのものはシンプルにまとめられているココアブラウンのワンピースに着替えた菊香が、少し得意そうな、それでいて不安げな表情で現れた。販売員が「お似合いですよ」と言い、またいそいそと動いて、今度はそのワンピースに合うレースのショールを持ってきた。

「やっぱ、いいんじゃないか？」

試着室から出てきてショールを羽織り、澄まし顔で鏡をのぞき込む菊香は、背後から将生が声をかけると、鏡越しに微笑んでいる。

「地味かと思ったけど、そうでもないわね」

「全然、地味なんかじゃありませんよ。でも、こういう色は、本当に肌の白い方じゃないと似合いませんからねえ。お客様にはぴったり」

販売員にもおだてられて、菊香はさっきまでの憂鬱など吹き飛んだように、嬉しそうに身体を左右にひねったりしている。その都度、ふわりと広がるスカートが、微かな衣擦れの音と共に揺れた。

――俺がはげたら、こいつ、どうするだろう。

ふと思った。今でこそ、自分がまだ寿退社出来ずにいるのは、すべて将生に原因があるようなことを言う菊香だが、将生の髪が瞬く間に抜け落ちて、若はげになったら、彼女はどう思うだろうか。それでも今のように将生の腕に絡みつき、友だちに紹介したがるだろうか。こうして買い物につきあわせたがるだろうか。

「じゃあ、決めちゃおうかな。ねえ？」

笑顔まで華やかになってこちらを見る菊香に、将生は頷(うなず)いてみせるだけで精一杯だった。嫌でも、はげた後の自分の姿が思い浮かんで、切なさと情けなさとで、胸に鉛でも詰め込まれた思いだった。

2

風が出てきたのだろうか。外に目隠しのテントでも張られているらしい窓から、ざあざあと叩きつけるような雨音が聞こえてくる。さっきからベッドの上に座って熱心にビデオを見ていた菊香がふいに振り返った。

「雨、ひどくなってきたみたいね」

将生は腕枕をしたまま「ああ」と気のない返事をした。どのみち、二人でこうしてホテルにいるのだから、どれほど雨が降ろうと関係がない。

「嫌だなあ、新しい服を買った日に雨が降ると、それを下ろす日にも雨が降るのよ」

「そんな言い伝え、あるのか」

「違うの、私の場合。いつもそうなの。靴も」

心配性の菊香は、おかしなジンクスを信じていたり、占いの本を熱心に読んだりすることが多い。そんなことは馬鹿げていると笑おうものなら必ず怒るから、将生にしてみれば「ふうん」とでも答える他なかった。それに、密かに憂鬱の虫に取りつかれている将生にしてみれば、菊香の憂鬱など取るに足らない。

――どうすりゃ、いいんだ。いざとなったら、カツラか？　マジかよ。嫌だなあ。悩んだところで、どうなるものではないとは思う。これぱかりは、なるようにしかならない。だが、何とかしなければならない気もするのだ。

「つまり、彼女の結婚式も雨っていうことね」

ホテルに備えつけてあるバスローブ姿のままで、彼女はくるりとこちらを向き、それから将生の横に腹這いになった。

「ドレスが濡れるのは嫌だけど、でも、ちょっと嬉しい、かな」

「――なんで」

「だって、披露宴はガーデンパーティーにするなんて言ってたのよ。きっと困るわ」

そこで初めて、将生は菊香の顔を見た。二人して汗をかいて、その上シャワーも浴びたから、彼女はほとんど化粧も落ちた子どもっぽい顔になっていた。

「友だちの結婚式が台無しになるのが、嬉しいのか？」

菊香は「だって」と言いながらごろりと寝返りを打って、将生に身体を寄せてくる。鼻先にシャンプーの香りのする髪が広がっている。髪。ああ、俺だって、今のままのふさふさの髪でいたい。

「特に仲良しっていうわけじゃないもん。同期だし、職場もずっと一緒だから、仕方なくつきあってるっていうだけよ」

そんな同僚のために、新しいドレスを買い、ついでに靴まで買ったのだと、菊香はくぐもった声で言った。

「その子、彼氏なんていないって言ってたんだから。三十までは絶対に結婚しないって。全部、嘘だったのよね。私を油断させたんだわ」

菊香の声には、明らかに怒りと苛立ちがこめられていた。そろそろ、その矛先がこちらに向いてくる頃だ。

「相手、どんな人なんだ」

「知らない。高校の同級生だとか言ってたけど」

そこで、彼女はまた寝返りを打ち、今度は将生の肩先に頭をのせてきた。そして、黙ったままで将生の裸の胸を撫でている。やがて、小さなため息が聞こえた。

「何だよ、どうしたの」

「別に」

「ため息なんかついてさ」

「――私は、いつまで独りなのかなあって」

その言葉を聞いた途端、将生は半身を起こして菊香の顔を上からのぞき込んだ。彼女は精一杯に見開いた目で、間近に迫っている将生の視線を受け止めている。

「独りなんかじゃ、ないだろう？　こうして、いつも一緒にいるじゃないか」

「でも――先が見えないんだもの」

将生は、彼女の額にかかった髪を払ってやりながら、今度は自分がため息をついた。まったく、友だちの結婚話も考え物だ。特に今年に入ってからというもの、菊香の周囲では結婚ラッシュが続いている。その都度、彼女は動揺し、そして、苛立ちを募らせる。

「菊香は菊香だろう？　早く結婚しさえすれば幸せっていうものじゃないじゃないか」

「そんなこと、分かってる。でも――」

そこで、彼女は物憂げに目を伏せた。そして、微かに唇を震わせている。これは下手をすると泣き出すという合図だ。菊香は、泣きたいときに、ちゃんと涙が出るらしい。

そんな芝居じみたことが平気で出来るのだ。将生は、彼女の唇に素早く自分の唇を押しつけた。震えがぴたりと止まった。

「言ってるだろう？　ちゃんと考えてるからって」

耳元で囁く。

「心配するなって」

「──本当？」

「当たり前じゃないか」

そして、今度は長い口づけをする。彼女の腕が首に回されて、柔らかく将生の髪を撫で始めた。

「ただ、無責任なことはしたくないからさ。絶対に幸せにしてやりたいから、色々と考えて、覚悟しなきゃならないんだ」

「それって、どういうこと？」

「信じて欲しいっていうこと」

彼女の裸の脚が、将生の脚に絡まってきた。元々、菊香は外見の印象とは異なって、ベッドの中では積極的だった。車で遠出をする時でも、こうして買い物にきた時でも、彼女は生理の時以外には将生の誘いを断ったことがない。むしろ、自分からホテルに行きたがることも珍しくはなかった。

「信じてたら、どうなるの？」

「それ以上、言わせるのか？　今？」

菊香は微かに息を乱しながら「今」と答える。だが、将生は彼女の望む言葉を口にしようとは思わなかった。本当のことを言えば、せめて三十までは結婚したくないのだ。別段、菊香が嫌だというわけではない。ただ、もう少しの間、身軽でいたかった。

今年で二十八になる彼女は、以前からさり気なく三十までに子どもを産みたいと言うことがあった。将生が相手だと仮定すれば、つまり将生は二十九で父親になるということになる。順番から考えれば、その前の年には結婚しなければならないのだから、それは、来年ということだ。

「ねえ、今」

「駄目」

「意地悪。いつも、言ってくれない」

言葉とは裏腹に、菊香の声も表情も、もううっとりとし始めていた。泣きそうなとき、怒っているとき、とにかく菊香の機嫌を直したいと思ったら、こうして抱いてやるのが一番だった。そうすれば、彼女はまるで憑き物が落ちたようにすっきりと機嫌良くなる。

菊香の手に力がこもった。将生の髪をかき混ぜる。

「大好き、この髪。柔らかくて、女の子みたいで」

また、ひやりとした。初めて将生の髪に触れたときから、彼女は幾度となく、その台詞を口にしていた。菊香は、太くて硬い毛をしている。羨ましい。ずっと触っていたいと、いくら言われても、少し前までの将生ならば、何も感じはしなかったのに、今は、まるでナイフでも突きつけられているようだ。

——俺がはげたら、どうする。

思い切って聞いてみようかと思う。だが、「お話にならないわね」とでも言われたら、それこそ将生は立ち直れない程ショックを受けることだろう。第一、たとえ菊香が平気だと言ったとしても、将生自身が我慢出来ない。はげるなんて。背だって低くなく、ルックスだって我ながらまあまあで、会社の女の子の間でだって、それなりに人気があるという、この自分が。

——いくら、三十までは遊びたいと思ってたって、はげちまったら、それどころじゃないんだ。

そうなれば、誰からも相手にもしてもらえないだろう。

独身主義というわけではない。急ぎたくはないと思っているだけのことで、結婚さえも遠ざかるに違いない。それは困ると思った。将生は、決して結婚したら、それなりに家庭も大切にして、良き夫、良き父親になろうと思っている。こうなったら、今のうちに決めてしまう方が得策なのかも知れない。相手がいないわけではない。現に今、将生の腕の中で、結婚を切望している菊香がいるではないか。

「ああ、ねえ、まあクン」

菊香は目をつぶり、もはや自分だけの陶酔の境地に向かおうとしている。その、うっすらと汗のにじみ始めた顔を見て、将生は、この顔と一生つきあっていくのかと、改めて考えた。別段、嫌ではない。飽きが来ないとも思っているし、セックスの相性だって、悪くはないのだ。何よりも、菊香はしっかりしている。きっと、堅実で良い女房になるだろう。

「まあクンてば」

「うん」

「本当よね？　信じていいのね？　ずっと、一緒よね？」

「ずっと、一緒だ」

彼女の手が、今度は将生の背中に回った。全身をくねらせて、将生の名前を呼び続けている。

「大好き。大好き」

お互いに、「愛」という言葉は、まだ一度も使ったことがなかった。菊香が意識しているかどうかは分からないが、将生の方では、その言葉は、結婚を意識したときに初めて使いたいと思っている。その言葉を、今、口にするべきだろうか。果たして、口にして良いものだろうか。あれこれと考えながら、とにかく将生は、萎えようとする気持ちを懸命に奮い立たせていた。

3

うとうとしていると、何かが柔らかく髪を撫でる。まどろみの中でも、それが菊香の指であることは分かった。

「こんなところにも、つむじがあるのね」

半ば囁くような声と共に、将生の額の生え際の辺りが撫でられる。将生は、寝息とも返事ともつかない声を出しただけで、まだ目をつぶり続けていた。菊香はタフで結構だ。だが、さすがに将生の方は少し休まなければ体力が回復されない。好色というのとは異なるにしても、こうも積極的な女を女房にしたら、果たして日常の生活はどうなるものかと考えると、不安にならなくもない。

「だから、癖毛に見えるのね。ここで、渦巻いてるんだものねえ。可愛い」

わざと寝返りを打ってやる。「ああん」という残念そうな声がした。だが、今度はすぐに、後ろの首筋を撫でられる。

「こんなところにも。面白い。まあクンて、つむじ、いくつあるのかしら」

将生は、四つのつむじを持っている。額の生え際に一つ、襟足に一つ、そして、頭頂部に二つだ。頭頂部の二つは、自分の目で確かめたことはなかったが、小さな頃から親に言われていたし、床屋に行く度にも言われた。だから、幼い頃からスポーツ刈りのような髪型が似合わなかった。つむじが一つの人間は、髪を短くするとそれなりに渦巻きが綺麗に見えて良いのだが、つむじが二つ以上もあると、毛の向きが一定にならず、二つのつむじの間で、毛がぱっくりと割れるようになって、かえってまとまりが悪くなるからだ。しかも将生のように柔らかい毛質の人間は、ある程度短く切っても毛が寝てしまって、どうにも格好がつかない。

「台風の目がいっぱいあるみたい。ねえ、まあクン」

菊香は完全に機嫌を直した様子だった。結婚したら、夫婦喧嘩の度に、こうして抱いてやらなければならないのだろうか。たまのデートだから良いようなものの、毎日のようにせがまれたのでは身がもたない。第一、飽きてくるとも思うのだ。

——結婚、か。

決めてしまえば良い。それは、さっきも考えたことだ。それなのにまだ、将生はもう一つ踏ん切りをつけられずにいた。第一、まだはげると決まったわけではない。「そんな気」がするだけのことなのだ。ここで下手に焦って一生を左右する問題を決めてしまって、果たして良いものだろうか。それよりも、テレビで宣伝しているカツラメーカーに、一度相談してみた方が良いのではないだろうか。医者なり専門家なりに見せて、心配ないと言われれば、何も慌てる必要はないのだ。

「まあクンのつむじ。くるくるくる」

将生の襟足を指先でなぞりながら、菊香は一人で喋(しゃべ)って一人で遊んでいる。将生は頑なに目をつぶり続け、懸命に考えを巡らせ続けていた。とにかく、明日にでも電話をかけてみよう。そして、絶望的だと言われたら、その時こそは菊香に「愛してる」と言うのも良いだろうと思った。

「いつ、はげるか、ですか？　そうねえ。これぱっかりは、分からないんですよねえ。本当に個人差がありますから、ごそごそっと抜けて、あっという間に手遅れになる方も、中にはいますしねえ」

ところが数日後、思い切ってカツラメーカーに電話をかけると、まずそう言われた。

とにかく直接見た上で、カウンセリングをしましょうと言われて、将生はかなりの抵抗を感じつつ、周囲の目を気にしながらカツラメーカーを訪ねた。
　通されたのは、白を基調とした清潔で明るい印象の部屋だった。病院のような雰囲気でもあり、明るいオフィスのようでもあり、片隅には観葉植物の鉢植えと、テレビモニターが置かれている。そのテレビからは、プロモーションビデオが流されていた。そこでまず、将生は受付で渡されたカルテに氏名と年齢を書き込み、アンケート形式の質問に答えることになった。

Q1．お悩みはどんなことですか？(当てはまるものに幾つでも○をつけてください)
1．抜け毛が増えた。
2．毛が細くなってきた。
3．フケが多い。
4．頭皮が突っ張っている気がする。
5．全体に毛髪が減ってきた。
6．一部分の毛髪が減ってきた。

Q2. 1の症状には、いつ頃から気がつきましたか？
1. 一カ月くらい前から。
2. 三カ月くらい前から。
3. 半年くらい前から。
4. 一年以上前から。

Q3. その原因に思い当たるところはありますか？
1. 仕事が急に忙しくなった。
2. 普段から帽子やヘルメットをかぶることが多い。
3. 病院の薬を服用している。
4. 大きなストレスを感じることがある。
5. 特に思い当たらない。

質問は、全部で十以上あった。喫煙、飲酒の習慣はあるか、シャンプーは何日に一回の割合か、整髪料の類は使っているか、などなど。今、毛が薄くなってきたというだけで、ここまで多方面にわたる質問が必要なのかと、将生は半ば感心しながら、アンケートに答えた。ここに書き込んだ自分のデータを専門家が見れば、「ここを改善しましょう」といわれて、それで問題が解決されそうな気がしてくる。

――そう甘いもんでもないだろうけど。

カルテへの書き込みを終えてしまうと、もう他にすることがない。将生は、明るい音楽の溢れているビデオを、何となく情けない思いで、それでも気がつけば、かなり真剣に見てしまっていた。将生以上に若く見える男が、自分の頭皮を拡大されて、何か説明されている。頷いている姿の頭頂部は、将生以上に深刻な状況、つまりつむじの中心部分が、既に不毛地帯になっている。台風の目が徐々に広がって、やがて頭全体をすっぽり包み込むような、そんな感じだった。次に、男は頭をマッサージされている。寝椅子に横たわり、美容室のスタンド型のドライヤーのようなものを被(かぶ)されて、横から何か言われている。

――とにかく、早めのお手入れが一番です。諦めるなんて、駄目駄目！　さあ、勇気を出して、積極的にチャレンジしましょう！

この男が、最後にどう変身するものか見てみたいと思っていたとき、名前を呼ばれた。クリップボードを小脇に抱えた、ひどく小柄な白衣の男がにこにこと笑いながら立っている。

「お待たせしました。こちらへどうぞ」

テレビの宣伝で見るような、若い女の子が相手をしてくれるのかと思ったのに、少し落胆した。第一、その男は、嫌味かと思うほど黒々とした頭をしている。もう、その頭を見ただけで、将生は「負けた」という気になった。

別室に通されると、「柏木」と名乗った男は主任カウンセラーという肩書きのすり込まれた名刺を丁寧に差し出して、まず将生の書き込んだカルテをのぞき込み、それから「ちょっと失礼」と立ち上がった。将生の横に立ち、頭頂部辺りの髪を何カ所かかき分けながら、「なるほど、来てますね」と呟く。

「つむじの渦が、結構、分かりますもんね。あ、あなた、つむじ二つ、ありますね」

「四つです。額と襟足にも」

柏木は「へえ」と一瞬、将生の顔をのぞき込み、自分で確認をして感嘆の声を上げた。

「四つですか。こりゃあ、珍しいな。つむじが二つの人だって、全体の七パーセントって言われてるんですよ。三つ以上の人は、三パーセント以下だそうです。へえ、こりゃあ、すごい」

そんなことで喜んで良いものかどうか、将生は半ば当惑しながら、全体に落花生のような印象の柏木を、上目遣いに眺めていた。こちらの視線を感じたのか、柏木は自分の席に戻り、改めてゆっくりと微笑んだ。

「そのつむじ、まずは減らさないようにしましょうよ。ねえ」

「――減らすって？」

「脱毛がすすんで、いわゆるはげの状態になったら、つむじなんか、消えちゃうでしょう。あなたの場合、頭頂部の、ちょうどつむじのあるところから、始まってるわけですから」

柏木は、そこで大きく息を吸い込み、椅子の背に寄りかかって、はげについての簡単な説明を始めた。将生のように、薬物などによる副作用でもなく、自然に髪が薄くなり始める症状は、男性型脱毛症と言われるのだそうだ。これは病気と考えて良いが、経過が長く、自然治癒しないことが特徴だという。

「もっとも大きな要因として考えられるのが遺伝ですが、不規則遺伝ですし、遺伝因子の存在が分かっている程度です。他にも皮膚の緊張、ストレス、毛根の酸欠など、複合的に考えられるわけです。喫煙、過度の飲酒なんかも影響します。ああ、煙草は、お吸いにならない、と」

自分一人の思いこみではなく、専門家の目から見ても確実にはげ始めているという事実が、将生をすっかり打ちのめしていた。つまりは、何らかの手を打つ必要があるということだ。いよいよ具体的に将来のことを考えなければならない。はげ始めていること に気づかれる前に、やはり結婚してしまった方が良いだろうか。せめて、婚約だけでも済ませるべきか。

「——治療薬はまだ時間がかかる。つまり、現段階では、手当の出来るものから着手して、脱毛を遅らせるというのが、精一杯なんです。それでも、マッサージを行って、頭皮の緊張を緩和すると同時に血液の循環を良くして、その上で、毛穴に詰まった皮脂やホコリ、細菌などを取り除いて、毛根が酸欠状態にならないようにしてあげればね、かなりの効果が認められます」

柏木は、豪華な作りのパンフレットを広げて、正面から将生の顔を見つめてくる。どうせ、相手は商売をするつもりなのだとわかっていながら、それでも将生はすがるような気持ちで、そのパンフレットに見入った。

人間の頭髪は、一般的におよそ十万本と言われている。毛髪の寿命は男性の場合二〜五年で、その一生を見ると、平均して四年ほどが成長期、成長が止まってもとどまっている中間期が二〜三週間、やがて脱毛して新しく生え始めるまでの休止期が二〜三カ月ということになる。健康な状態でも一日に六十〜七十本は脱毛しているそうだが、脱毛症になると、毛根そのものが何らかの要因によって異常を来しているため、細胞分裂が行われず、成長期の途中で毛髪が脱落したり、頭皮にとどまっていることができなかったりする。そして、やがて毛の基(もと)になる毛包そのものが失われてしまう。こうなると、二度と発毛しなくなる。

「ほら、よくはげる男性は精力が強いっていいますでしょう。あれも、あながち嘘とばかりは言い切れないわけで、ご存じかと思いますが、男性ホルモンがね、やはり、毛髪には大敵なわけです」

睾丸で生成される男性ホルモンのテストステロンは筋肉増強剤などにも使われるホルモンだが、これによって毛根は細胞分裂をやめてしまうことが分かっている。さらに、最近の研究の結果、テストステロンが5α－リダクターゼという物質の還元作用によって生まれる5α－DHTという物質が、毛母細胞の分裂を抑制することも分かってきたという。

「ですから、この5α－DHTから、毛根を守ってやればいいわけですがね。極端な言い方をすれば、睾丸を摘出してしまえば、脱毛は止まるんですから」

こういう説明になると、元来が文科系の将生には、どうもよく分からなかった。それに、睾丸を摘出するつもりは、今のところまるでない。

「とにかく、今現在の毛穴の状態をチェックしてみましょうか」

柏木が再び立ち上がった。チェックして、ああ、毛穴に汚れが詰まっていますね、などと言われて、それからヘアケアに突入するのだろう。無駄なことだとは思わないが、いくらヘアケアに精を出しても、増毛はしない。単に脱毛が防げるというだけのことではないかと思うと、やはり切なくなる。

——今の状態を保ちたかったら、ずっとここに通い続けなきゃならないっていうことだ。画期的な薬でも出来ない限り、ずっと。

そして、それでも脱毛が進んだら、今度は増毛に着手して、最後にはカツラに向かう。どう考えても、プラスに転じることはない。

「ああ、やっぱり、結構、汚れてますよね。それに、全体に脂分が多いかな。乾燥のしすぎもよくないんですが、この脂っていうのもクセモノでね」

柏木は、予想通りのことを言った。将生は、暗澹たる思いで、落花生のようなカウンセラーの頭ばかりを見つめていた。お前に、俺の気持ちなんか分かるものか。自分の方がよほど脂ぎって見えるくせに、そんなにふさふさしている男に言われたくはないと、将生は屈辱を嚙みしめながら頭髪チェックを受けていた。

4

毛穴のクリーニングは、確かにさっぱりして気持ちが良かった。ホコリや皮脂、細菌などが取り除かれれば、酸欠から救われる上に、自然に育毛剤などの養分も毛根に届きやすくなるし、毛髪が健康に育つ必須条件であるという柏木の説明も納得がいった。それでも、定期的に通うとなると、それなりに費用がかさむ。結局、将生は会員になる手続きは取らず、その日は毛穴の汚れまで綺麗に落とすというローションとシャンプーを買うにとどめることにした。

「抜け毛は、待ってはくれませんのでね。一日も早く決断なさって、プロの手に委ねることを、お勧めしますよ」

帰りしなに、柏木が相変わらず必要以上の愛想の良い笑顔で言った。買った品物に加えて、説明DVDつきの豪華なパンフレットやヘアケアのためのハンドブック、「お得な」会員になるための入会申し込み書からメーカーが扱っている商品のカタログまで持たされて、将生は殊勝な面もちで「分かりました」と答えるより他なかった。本当は、手遅れになった方が、あんた達は儲かるんじゃないのかと言いたかったが、自分を若はげだと見抜いた相手に対して、今ひとつ強い姿勢に出られない自分が情けなかった。

——自然治癒のあり得ない病気。

すっかり日の暮れた街を歩いていると、柏木の説明が順番に思い出されてくる。つまり、若はげというのは不治の病ということか。自分は、そんな病を抱え込んだということなのだろうか。何だか急に、病弱な人間になったような気がする。痛みも伴わず、死に至るわけではなくても、病気という言葉が、重くのしかかってきていた。

——こんな病気持ちじゃあ、余計に将来が暗くなる。

歩きながら、気がつくと行き交う人の頭ばかり見ていた。いつもは、そんなはずもないのだが、こういう日に限って、はげが目につかない。全体が白髪になっていても、豊かな髪をしている初老の男を見かけて、将生は絶望的なため息をついた。ああ、俺にはああいう初老期は訪れないのだ。白髪になる前に、全部抜けて落ちるのだ。そう思うと、羨望とも嫉妬ともつかない気持ちさえ、湧き起こってきそうだった。

こんな状態では、余計にストレスがたまると思う。ストレスは髪の大敵なのだ。どうしたら、このストレスから解放されるのだろうか。毛穴のクリーニングに通うことか。それともさっさと諦めるか。いよいよ目立ってきたら、思い切って坊主頭にでもなるか。

——そんなの、会社が許すわけがない。

将生はコンピューターソフト関係の会社の営業マンだった。大手メーカーが百パーセント出資している子会社ということもあって安定はしているし、この不景気でも何とか少しずつ業績を伸ばしているが、リストラの噂がないわけではない。世界の最先端をリードする企業であるためには、会社の体質そのものが古びてはならないという言葉を、つい昨日まで、将生は涼しい顔で聞き流していた。

だが、三十前から——将生の頭の中では、もうその頃には手の施しようがないくらいにはげが進んでいる気になっていた——丸坊主になっている営業マンなど、会社が喜ぶとも思えない。

——どうすりゃ、いいんだ。

こうなったら本当に菊香との結婚を考えた方が良いかも知れない。せめて髪が豊かなうちに、結婚記念の写真を撮っておきたいと、そんなことまで考えながら、将生はその日、ひたすら打ちひしがれて待つ人のいないワンルームマンションへ戻るしかなかった。

5

「だったら、おい、いいのがあるけど、使ってみるか？」

ほとんど天からの福音のような言葉を聞いたのは、それから二週間ほどが過ぎた頃だった。

「まだ治験段階なんだけどな、お前みたいなヤツ、探してたんだ」

またとない話を持ってきてくれたのは、大学のサークルで一緒だった金光先輩だった。製薬会社に就職して、やはり営業にいる先輩は、サークル仲間の結婚式の二次会のことで、打ち合わせと称して酒を飲まないかと連絡を寄越した。このところ気分が塞ぎがちで、菊香と会っていても今ひとつ盛り上がらないままだった将生は、自分たちの仲間にも、もう所帯を持つ者が増えつつある現実を、余計に苦々しい思いで受け入れなければならなかった。だが、先輩の誘いを断るわけにもいかない。二次会は学生時代の仲間が音頭をとるというのが、半ば慣例化してもいたのだ。

「言っておくけど、本当に治験段階だからな。百パーセント効き目があるっていう保証は、しないぞ。だけど、これで効き目が証明されたら、本当に画期的なことなんだ」

久しぶりに会って、つい酒の酔いに任せて自分の悩みを打ち明けた将生に、金光先輩は、発毛を促進する飲み薬が開発されたのだという話を始めた。そして、モニターになるつもりがあるのなら、その薬を飲ませてくれると言い出したのだ。

「本当ですか」

将生は、思わず身を乗り出して先輩の顔に見入った。金光先輩は、「おう」と鷹揚な笑みを浮かべて、それから、視線をすっと将生の頭部に移動させ、急にしみじみとした表情になる。

「しかし、お前がそんなことで悩むようになるとは思わなかったよなあ。親父さんか祖父さんか、はげがいるのか」

「お袋の方の祖父さんが、はげてました」

先輩は「ふうん」と大きく頷き、さも気の毒そうに、「お前がねえ」と繰り返す。将生は、これまで溜まっていたものをすべて吐き出すように、カツラメーカーを訪ねたこと、ヘアケアの商品を買わされ、不治の病と言われたことなどを喋ってしまった。堰(せき)を切ったように話す間、先輩はいちいち頷いていたが、やがて急に改まった表情になって、そのメーカーか、またはカウンセラーは最新の研究を知らないのだと言い切った。

「いいか？　これからの時代、はげはもう、不治の病っていうことにはならないんだ。要は、頭皮の血行を良くして、必要な養分を送り込んでやるんだよ。その上で、ホルモンバランスを、ほんの少しいじってやりゃあ、それでオーケーさ。今はもう、そこまでシステムが出来てるんだよ」

先輩の、あまりに軽い語り口調に、将生は呆気に取られながら、ひたすら目をむいていた。

「そりゃあ、毛穴を綺麗にすることも大切だぜ。清潔は一番だ。だけど、知ってるか？女の子が山ほど使う化粧品だってな、自分たちが思ってる程の効果なんて、ありゃあしない。人間の皮膚っていうのはな、身体を守るためのもので、無駄なものを外に出す機能は優れてても、内側に取り込む機能は、大してないんだ。いくら塗ったりすり込んだりしたって、中まで染み込むものなんて、微々たるものなんだよ。ほとんど気休め程度。いいか？　何の症状を改善するのでも、本当に効き目が欲しいと思ったら、身体の内側から治さなきゃ駄目なんだって」

まるで立て板に水だった。さすがに薬品メーカーの営業マンだ。将生は、あの落花生のような背格好のカウンセラーよりも、金光先輩の言葉の方が、よほど魅力的で説得力があると思った。

「そこで、だ。我が社が今、開発してるのが、飲んで毛を生やす薬なわけだ」

もう、そこまで聞いた段階で、将生は「やります！」と声を張り上げていた。

「実験で、いいですから。モニター、やらせてくださいっ」

金光先輩は、嬉しそうな笑顔になって大きく頷いた。そして、実は営業で回っている病院の事務員や医師などにも声をかけているから、決して将生一人が実験台になるようなものではないと説明してくれた。まだデータは集まり始めていないが、既に飲み始めている人は何人かいるという。将生はますます身を乗り出した。

「本当にその気があるんなら、二、三日中に届けてやるよ。最初は二週間分な。それで、変な副作用がないようだったら、また二週間。おそらく二カ月も続ければ、きっと効果が現れてくるはずだ。次の分の薬を渡す度に、ちょっとした質問に答えてもらえばいいからさ」

「あの、それで、値段は」

「だから、言ってるだろう？　まだ治験段階なんだって。売り物じゃないんだ、金なんか、こっちからモニター料を支払わなきゃならないくらいなんだよ」

何と有り難い言葉なのだろう。これで若はげから解放されるとしたら、まるで棚からぼた餅のような話だ。

過度な飲酒は脱毛を促進すると言われて、このところ、酒さえも飲む気になれなかった将生は、その晩は久しぶりに心ゆくまでうまい酒を飲んだ。

「やっぱり、持つべきものは先輩ですよねえ！」

そろそろ帰りの時間を気にし始めた先輩を引き留めて、将生は同じことを言い続けた。

「お前、本当に気にしてたんだなあ」

苦笑混じりの先輩の言葉さえ、心地良く聞こえる程だった。

まだ正式な製品名さえついていない「発毛薬」を服用するに当たって、将生は一応の誓約書のようなものを取り交わした。思ったような効果が得られず、万一副作用が現れた場合は、治験者の意志で服用を取りやめても構わない。また、服用を取りやめた後も副作用が続くようであれば、会社として相応の誠意は示すものの、損害賠償などには一切応じないといったものだ。

「心配すんなって。形だけのものだからさ」

先輩の笑顔と、そのひと言を、将生は信じた。そして、今度からは二週間毎に先輩に会うのだなと思いながら、夢のような薬を受け取った。

——効いてくれよ。頼む。

毛髪は、一日に〇・三〜〇・五ミリずつ伸びるのだそうだ。まったくはげている荒野のような場所から生えるのならともかく、まだ残っている頭髪の間から、ひっそりと、控えめに生まれ出てきた新毛を、合わせ鏡を利用してでも確認できるようになるまでには、最低でも五、六ミリは伸びていてくれないと分からないだろう。つまり、生えてきてからでも半月前後は経過していなければ、目に見える効果は確かめられないということだ。しかも、いつ、薬の効果で眠っていた毛包が目覚めるかも分からない。

とにかく最低二カ月は飲み続けてみせる。将生は、一見すると何の変哲もないカプセルを、祈りを込めて見つめた。

「ねえ、最近、何かあった?」

いつの間にか秋は過ぎ去っていた。冬枯れの景色の中を、菊香を隣に乗せて久しぶりにドライブした休日、ふいに菊香が尋ねてきた。

「何かって?」

「ちょっと会わない間に、何か雰囲気が変わったかなあと思ったから」

電話では頻繁に話をしていたが、休みの度に、友人の結婚式があったり法事だったり、または他の用事が入ったりして、二人の都合がなかなか合わなかったから、こうして会えたのは数週間ぶりだった。元々、将生たちは平日には滅多にデートをしない。将生が残業が多くて約束を守れないことが多いことと、菊香の方も料理教室や英会話教室に通ったりしていること、そして、慌ただしく夕食をとって、バタバタとホテルに行くのがあった——菊香はデートといったら最後には必ずホテルに行くものと信じているようなところがあった——嫌だから、というのが主な理由だった。

「別に、何もないよ」

ハンドルを握りながら、将生は軽く答えた。だが、隣からの視線を感じる。ちらりと横を見ると、やはり菊香がこちらを見つめていた。

「電話で話してても、感じてたのよ」

「何を」

「少し前まで、何だか不機嫌だったでしょう？　どうしたのかなあと思ってたんだけど、聞いちゃ悪いかなと思って遠慮してたの。そうしたら、今日はすごく機嫌がいいみたいだから」

なかなか鋭い勘をしている。占いやジンクスの好きな彼女は、そういう自分の勘の鋭さも自覚しているところがあって、こういう話題になると、妙に自信たっぷりな顔つきになるのが常だ。

「何か、あったでしょう」

まさか、はげが気になっていたなどと言えるはずがない。発毛薬のモニターをしていることは他言無用だと、金光先輩からも言われていた。将生は咄嗟に、仕事で少しばかり厄介なトラブルがあったのだと言い訳をした。

「仕事で？」

「色々、あったんだ。でも、もう落ち着いた。考えてみたら、ちょうどいい時期に会わなかったかも知れないな。会ってたら、きっと八つ当たりしちゃってた」

将生の嘘を、菊香は真顔で聞き、素直に「そう」と頷いた。

「大変、だったんだ」

「もう、ストレスの塊になってたよ。それで、これからは忘年会シーズンだろう？　疲れるよなあ」

細く開けた窓から、冷たい風が吹き込んでくる。ちょうど葉を落とし始めた雑木林が視界に入り込んできた。老人の手足のように見える頼りない枝々が広がるばかりの、隙間に広がる空だけが目立つ、いかにも寒々しい風景を見て、将生は、ふいに髪のことを連想した。春になれば、あの木々も新芽を吹いて、豊かな林になるだろう。生命を吹き返し、豊かに風に枝をなびかせる。

――春になれば。

本当は毎日でも鏡を覗き込んで、頭頂部の状態を確かめたかった。だが、新毛の生えてくる兆しがないばかりか、脱毛の進行状態だけを目の当たりにしそうな不安があるから、我慢している。今、将生は例の薬を飲み始めて、三週間が経過したところだった。ちょうど一カ月したら、思い切って鏡を見ようとは決めている。その時の、劇的な変化を、今は毎日のように思い浮かべている。

「そうか、大変だったのね」

また、菊香が呟いた。将生は、彼女が将生の身を案じてくれているらしいのを感じて、満足だった。こういう女は、そう見つからないかも知れないと、ふと思う。極めつきの美人ではないが、ブスというわけでもないし、しっかりしていて、思いやりがある。教室に通っているくらいだから料理だって得意だろうし、実家はしっかりしていて、親父さんも、それなりの地位にいる。嫁さんにするなら、菊香は理想的なのかも知れない。

——俺が三十になるまで、待ってくれって言おうか。

きちんと説明して、納得してくれれば、彼女ならきっと待ってくれるはずだ。何よりも、彼女の方が将生以上に、一緒になることを望んでいる。夕方、どこかのホテルに落ち着いたら、その時に言ってみよう。口約束だけではあてにならないというのなら、親もとに挨拶に行くくらい、やってみても良い。何だったら、婚約だって。

そこまで考えると、何となく気持ちが楽になった。もちろん、男女のことだから、先のことなど分かるはずがない。だが、デートの度に菊香にせっつかれるのにもうんざりだったし、万一、例の薬が効かなかった場合のことを考えれば、ある意味で保険をかけるようなものだとも思った。

6

ところがその日、思いもしなかったアクシデントが起こった。いつものようにホテルに行き、菊香を抱きしめて、長いキスを交わしている時に、将生は自分の身体がまるで変化しないことに気づいたのだ。そんなはずがない、自分らしくもないではないかと、将生は内心で慌てた。

「やっと会えた。もう、淋しかったんだからね。まあクンに、会いたかったんだから」

将生にしがみついて甘えた声を出している菊香を、いつもの将生ならば、まずベッドに横たえて、キスを交わしながら服を脱がせてやる。菊香もまた、将生の服を脱がせたがる。そして、将生のズボンを脱がせた時などに、子どもが玩具を見つけたような歓声を上げるのだが、今のままでは、ズボンを脱がされるわけにはいかなかった。

「浮気なんか、しなかった？」

早くも瞳を潤ませて、菊香は普段とは異なる、艶っぽい声で囁きかけてくる。内心で焦りながら、将生は自分の身体に何が起こったのか、まるで理解出来ない気持ちだった。第一、朝は――そこまで考えると、急に自信がなくなってくる。そう言えば、このところ、将生の下半身は、朝だって平常のままだったかも知れない。

「ねえ、まあクン」

菊香は、いつものようにベッドに誘われるのをうっとりとした表情で待っている。将生は、それこそつむじの真ん中から冷や汗が噴き出すのを感じながら、出来るだけ普段と変わらないように行動した。だが、頭の中では「どうする」「何が起きたんだ」などという言葉が渦巻いている。

――どうしたっていうんだ。

額からも汗が滲む。取りあえず普段通り、菊香をベッドに押し倒し、将生は菊香の背中や腰、尻までをゆっくりと撫でながら、いつもの倍以上の時間をかけて、口づけをした。菊香が小さく鼻を鳴らす。とにかく今は、時間を稼ぐより他に考えつくことがなかった。菊香は、待ちきれないというように、早くも服の中の身体をうねらせている。それなのに、将生の身体は、まるで反応していなかった。これは、明らかに異常事態だった。その気がないわけではない。十分に、その気になっているのだ。それなのに、身体が反応していない。

「身体、冷えなかったか。熱めの風呂に入ろう」

ようやく身体を離して、将生は自分に絡みついてこようとする菊香の腕をすっと外すと、そのまま立ち上がった。ベッドに横たわったまま、菊香はお預けをくらった子犬のように、拗ねた表情でこちらを見ている。

「な？　お湯、入れてくるからさ」

必死で平静を装い、一人で浴室に行く間も、まるで立ち眩みでも起きたような感覚に襲われた。蛇口をひねって勢い良く湯をほとばしらせ、今度は手洗いに入った。

ズボンとパンツを下ろして便器に腰掛け、将生はしみじみと自分の下半身を見下ろした。反応はゼロだ。

――何でだよ。

近くに人がいなければ、叫びたいくらいだった。どうしたというのだ、何だというのだと、壁を殴りつけたいくらいだった。

ドアの向こうからは、どぼどぼと湯のほとばしる音がする。浴槽は大きかった。菊香は、きっと一緒に風呂に入りたがることだろう。だが、今のままでは駄目だ。彼女を傷つけかねないし、将生自身のプライドだって、ずたずたになる。

「まあクン？　どうしたの？」

こんこん、と控えめなノックの音がした。将生は反射的に顔を上げ、息を呑んだ。駄目だ。何とかして、この場を切り抜けなければならない。

かつて、これほどまでに焦り、必死で考えを巡らせたことがあっただろうか。子どもの頃、小さな嘘を誤魔化そうとしたり、責任逃れをしようとしたときだって、ここまで焦ったことはなかった。

「ねえ、まあクン？　大丈夫？」

大丈夫なんかであるものか。苛立ち。焦り。それに、情けなさで、涙さえ出てきそうだ。将生は、大きく息を吸い込むと、仕方なく立ち上がり、パンツとズボンを上げた。トイレの水を流し、ドアを開ける。そこに、いつもの菊香の顔があった。心持ち眉をひそめて、彼女は小首を傾げて立っている。

「――何か、急に腹が痛くなって」

将生は、からからに渇いた喉から声を絞り出した。

「凄い汗。そんなに痛いの？　お腹、こわしたの？」

腹をさすりながら、将生は客室に戻ってベッドの縁に腰掛ける。そうだ。ここは急病という手を使うより他ない。こんなに焦ってしまっていては、出来るものも出来ないというものだ。

「お昼が悪かったのかしら。急に？」

菊香は、いよいよ心配そうな表情になって、将生の前に立った。すぐにでも脱がせて、頬をすり寄せたい菊香の小さな胸が、すぐ目の前にあった。

「さっきから、何となく変だとは思ってたんだけどさ――ああ、風呂の湯、見てよ」

菊香は素直にきびすを返し、ぱたぱたと浴室に行った。どぼどぼという音が止んで、まるで避暑地のペンションを意識したような内装の室内は静かになった。

「どうしよう。病院、行こうか」

「いや――少し、横になっていいかな」

菊香は大きく頷いて、今度はせっせとベッドカバーを外しにかかる。いじらしくて甲斐甲斐しい姿だった。将生は腹に手を当てたまま、なるべく病人らしく見えるように、身体を折り曲げて横になった。

「薬でも、もらってくる？」

「こんなホテルに、大した薬なんか、ありゃあしないって。少し休んだら、落ち着くかも知れないからさ」

目をつぶって、ゆっくりと呟く。本当は、これ以上、菊香の顔を見るのが辛かった。

「どうしちゃったのかしらねえ。こんなこと、初めてよねえ」

菊香の声が背後から間近に聞こえた。ベッドのスプリングがたわんで、彼女が隣に横になったのが分かった。それから、将生の髪が柔らかく撫でられ始める。

「仕事の疲れが、たまってるんじゃない?」

「――」

「そんな感じよ。髪だって、減ってきちゃってるじゃない」

今度こそ、後頭部を殴られたようなショックを受けた。将生は全身が硬直するのを覚え、本当に腹が痛みそうな気にさえなってきた。

「可哀想に――仕事、そんなに大変なの?」

菊香の口調は、あくまでも静かで穏やかだ。それだけに、必要以上の憐憫が含まれているような気がして、ついでに自分の頭頂部を彼女がじっと見つめているらしいことが感じられて、将生はいてもたってもいられない気持ちになった。急に身体を起こすと、菊香は驚いた顔でこちらを見ている。

「――悪い。今日は、このまま帰るわ。駄目みたいだ」

「だって、そんなに痛いんじゃ、運転だって駄目でしょう?」

「いや、緊張していれば大丈夫かも知れないからさ。ここで休んでたって、しょうがないから」

菊香の顔に落胆と心配の両方の表情が浮かんだ。将生は、その顔を正視できないまま、口の中で「ごめん」とだけ呟き、さっき脱いだばかりのジャケットを羽織り始めた。菊香も「待って」と言いながら、慌てて身繕いをする。

「私が運転しようか」

「大丈夫か？」

「スピード出さなきゃ、大丈夫よ。お父さんの車なら、時々動かしてるんだから」

「じゃあ、頼む」

それきり、将生は口を開かなかった。自分の車の助手席に座るだけでも落ち着かないのに、菊香の運転も心配で、その上、身体の異常や若はげのことまで重なっていれば、とてもではないが普通の会話など出来るはずもない。それを腹痛のためだと思っている菊香も気を遣っているらしく、いつものような無駄口も叩かなかった。こんなに気まずい、つまらないデートなど、あるものではなかった。

「――お大事に。また、電話ちょうだいね」

別れ際に、菊香は淋しそうに言った。本当は、将生の部屋まで来て看病をしたい様子だったが、それは将生が断った。一人になりたい。一人になって、とにかく冷静に現実を認識する必要があった。それにしても一体、自分がどんな悪いことをしたというのだろう。情けない以上に、腹が立ってならなかった。目の前が真っ暗とは、まさしくこういうことを言うのだと思った。

さらに一週間後、今日は仕事の帰りに金光先輩と会うという日の朝、将生は初めて自分の頭頂部を鏡で眺めてみた。先週、菊香に言われた言葉が重くのしかかっていたから、もはや過剰な期待が禁物であることは分かっていたが、案の定、将生の頭には何の変化も起きてはいなかった。いや、それどころか、はげが進んできているような気がする。ドライブの途中で見かけた雑木林のように、髪がやたらとまばらになって、数えられるようではないか。おまけに、下半身まで使いものにならなくなった。この一週間で、将生は確信していた。どう努力しようと、また、毎朝、祈るような気持ちで目覚めようと、今のままでは、将生は結婚など出来るはずがない。

「まだ、やっと一カ月だもんな。最低二カ月は、辛抱してくれなきゃ」

その晩、金光先輩は、また二週間分の新薬を手渡しながら言ってくれた。モニターの中には、六週目に入って初めて、ほやほやと産毛のようなものが生えてきた人がいるという。二十年以上も、まるで毛のなかった人が、涙が出るほど大喜びをしているという話だった。将生は、羨ましさについため息が出た。

「やっぱりマッサージとか、毛穴のクリーニングとかも、してるらしいな。お前、ちゃんとそっちの方、続けてるか?」

将生はゆっくり頷いた。

「それより、副作用の出てる人なんか、いますか」

「いや、今のところ、聞いてない。お前、何か副作用らしいものが出てるのか？　だったら、早めに言ってくれよ」

将生は素直に頷いた。もしかすると、不能の原因は発毛薬にあるのではないかと思ったのだが、もしもそうなら、他のモニターだって不能になっている可能性がある。だが、ちゃんと発毛した人がいて、副作用の出ている人がいないというのなら、将生の不能は、他に原因があるということだ。若はげのことを心配し過ぎたせいだろうか。こうなったら、取りあえずバイアグラの入手法でも考えなければならないということだろうか。

「とにかくさ、もう少し様子、見てくれよ」

その晩、金光先輩の懇願とも激励ともつかない言葉に送られて、将生は一人になった。家に戻る前に、もう一杯ひっかけようか、それともキャバクラにでも行ってみようかと、あれこれと考えたが、結局はやめにした。それでも役には立たないだろうという、諦めの方が先に立った。

忘年会シーズンが終わればクリスマスが来る。腹痛と偽ってホテルから逃げて以来、将生は何かと言い訳を続けては、菊香とのデートを避けてきた。これまで、会えば必ずホテルに行ったのに、急にホテルにだけ行かなくなれば、必ず疑われると思ったからだ。

だが、クリスマスだけは逃げるわけにいかない。女の子が等しく、その日にどれほどロマンチックな夢を描いているか、将生だって知らないはずがなかった。

——今度も仮病を使うっていうわけには、いかないしな。

日増しに憂鬱が募っていく。仕事中は必死に明るく振る舞っている分、一人に戻ったときには、余計に疲れて塞ぎ込む日々が続くようになった。自然に、菊香から電話がかかってきても、素っ気ない受け答えになってしまう。申し訳ないとは思ったが、自分でも、どうすることも出来なかった。何とかしなければとは思うが、何をどうすれば良いのか、皆目見当がつかないのだ。少しでも気を紛らしたくて、やたらと仕事にばかり精を出しているうちに、やがて、クリスマスが来てしまった。

「そんなに忙しくて、会えるの？」

クリスマスイブの前夜、菊香が電話の向こうで言った。将生は、イブは無理だが、クリスマスは金曜だから大丈夫だと答えた。

「まあ、ホテルは無理だろうけど」

予防線を張るつもりで、内心では怯えながら言ってみた。すると菊香は、「そうね」と、意外なほどあっさりと答えた。

「クリスマスに外泊なんかしたら、すぐに彼氏がいるってお父さんにバレるものね」

彼女の家が、今どき珍しいくらいに厳格なのは、時として不満の材料だったが、こうなると有り難いことだった。これで、とにかく年内一杯は逃げのびることが出来そうだ。後は、正月休みの間に、じっくりと対策を練るつもりだった。

クリスマスの日は、朝から低い雲が垂れ込めていた。テレビの天気予報では、関東地方でもホワイトクリスマスになる可能性があると言っている。将生は昼休みを利用してブランド物の指輪を買った。婚約指輪というつもりはないが、これで彼女の気持ちを少しばかりつなぎ止めておきたい、細かい事情は話せないまでも、とにかく気持ちに変わりはないことを伝えたいという、精一杯の思いを込めたつもりだった。

待ち合わせの場所に現れた菊香は、久しぶりに見る通勤着姿で、普段よりもよほど大人っぽく、しっかりして見えた。彼女が選んで予約を入れたレストランに落ち着き、シャンパンで乾杯をする。店にはオルゴールのクリスマスソングが流れていて、照明は各テーブルに置かれたオイルランプだけだった。どのテーブルにも、恋人同士の笑顔が溢れている。クリスマスが何の日だったかなど関係ない、まさしく恋人達の夜という雰囲気だった。

「この前、ごめんな。一晩寝たら、本当に嘘みたいに楽になってさ」

まずは、ホテルの一件の謝罪から始まる。それから、日頃電話で話しているのと変わり映えのしない日常の出来事などを、将生はあれこれと話し始めた。今日は、黒いタートルネックのセーターに、ゴールドのネックレスという、いつになくシックな雰囲気の菊香は、穏やかな表情で、ずっと将生の話を聞いてくれた。ああ、やはり、この女を手放したくない。彼女が真剣に望むのなら、来年に結婚するのだって構わないと、将生は真剣に考えた。

「あのさ――」

「あのね」

口を開いたのが同時だった。はっとした表情の菊香に、将生は柔らかく微笑みかけ、小さく顎をしゃくって見せた。

「いいよ。何」

彼女は、もともと小さな口を余計にすぼめるような表情になり、それから、思い切ったように顔を上げた。

「今日で、もう会うの、終わりにしない?」

将生は、ただ、菊香の小さな顔を見つめていた。ポケットに入れたままの右手は、四角い小さな箱を握りしめている。今、まさに、この指輪を手渡そうとしていたのだ。なのに、彼女は今、何を言おうとしているのだろう。

「お見合い、したのよ、私」

　菊香は、小さくため息をついた後、ぽつり、ぽつりと語り始めた。父親の知人の紹介で、またとない条件の縁談が持ち上がったこと、両親も大乗り気なこと、職場の方も、結婚退職者が増えて、その上不景気ということもあり、段々居づらくなってきていること、そして、どうしても三十までに母親になりたいこと。さらに、お見合いした相手が菊香をひどく気に入り、菊香の方でも、そう嫌な気はしていないこと。占星術でも四柱推命でも最高の相性だと出ていること。つまりは、とんとん拍子で縁談が進んでいるということだ。

「だって、俺とつきあってるんじゃないか」

　怒るも何もなかった。やっとの思いでそう言うと、その日初めて、菊香は微笑んだ。穏やかで、静かで、そのくせ、何ものをも受け容れまいとするような笑顔だった。

「まあクンは、まだ結婚したくないんでしょう？　それに、それほど真剣に、私のこと好きじゃないって、分かってたもの」

「そんなこと――」

「ある。分かるの。それに最近、少しずつ私のこと、避けるようになってきたのも感じてたしね」

違うのだ。避けているわけではない。それをどう説明しようかと思った。だが、菊香は、まだ微笑み続けていた。

「これ以上、おつきあいを続けてたら、きっと私、まあクンを責めたくなると思うのね。どうして、どうしてって、不満ばっかり積もっていく気がするの。だけど、今ならね、こうして静かに、お別れ出来るかなあって」

彼女を引き留める資格がないことは、将生自身が一番良く知っていた。今、無理に彼女を押しとどめても、不能がバレるのは時間の問題だ。早く子どもの欲しい菊香にとって、つまり将生は、既に夫としての資格を失っているということだった。将生は口を噤んだ。これ以上、過酷な現実があるものかと思うばかりだった。

せっかく予約を入れた店なのだから、最後まで食べていきましょうねと言われて、将生は泥のようにしか感じられないディナーを腹に詰め込み、ワインをやたらに飲んだ。過度の飲酒ははげの元。そんなの、知ったことではなかった。

ほとんど一人でシャンパンと赤ワインを一本ずつ空けてしまい、席を立つ頃には、視界が微かに揺れていた。今日で別れると言っておきながら菊香は「大丈夫？」などと労ろうとする。その腕を振り払い、やっと二人分の会計を済ませて、将生は店の外に出た。その冷たい風が吹き抜けていく。史上最悪のクリスマスが、もう終わろうとしていた。

時、頭にぽつりと感じた。

「雨、か」

思わず呟いて、空を見上げる。だが、焦点の合わせ辛くなった目には、細かい雨粒など、見えるはずもなかった。

「雨？　そう？　降ってる？」

一緒に出てきた菊香が、隣で一緒に空を見上げた。そして、少し遅れて「本当だ」と言った。

「顔に、ぽつんて当たったわ」

将生は、また嫌な気分になった。どうせ、俺は若はげで不能で、その上、たった今、女に振られた男だ。

とにかく、駅までは一緒に行こうということになった。どうしても斜め歩きになってしまう将生の腕に、菊香の手が控えめに絡められる。切なくて、涙がにじみそうだった。

地下鉄の駅が見えてきた頃、菊香が「ねえ」と口を開いた。

「アメリカでね、いい薬、売ってるんですって」

「――――」

「飲み薬なんだけど、本当に毛が生えるって」

そういう薬を、既に自分だって飲み始めているのだと言おうとしたとき、「でもね」と菊香は話を続けた。

「飲むのをやめると、また抜けちゃうんだって。だから、特別な日のためとかに飲むならいいらしいけど、長く飲み続けるのは良くないらしいのよね」

地下鉄の入り口に着いた。そこで、菊香は将生から手を離した。彼女は、さっきとは打って変わって、泣きそうな顔をしていた。

「出来れば、髪、もう少し短くしたら？　長い方が、かえって目立つ。つむじのところで、髪が分かれちゃうからね」

それだけ言うと、菊香は「さようなら」と言い残して、一人でぱたぱたと階段を駆け下りていった。将生は呆気に取られたまま、その後ろ姿を見送った。別れるのなら、自分から捨てるに違いないと思っていた女に、今まさに、捨てられたのだと思った。いつしか、雪が舞い始めていた。行き交うアベックが歓声を上げている。冷たい風に吹かれて、将生はしばらくの間、その雪を頭と顔に受けていた。

どこをどう歩いたか分からないが、ようやく帰り着いたときには、全身がすっかり濡れていた。大分、酔いは醒めたつもりだが、それでも足下がおぼつかない。その辺にあるものを蹴散らしながら、将生は取りあえず留守番電話を聞いた。もしかすると、菊香から何かのメッセージが入っているのではないかと思ったのだが、聞こえてきたのは金光先輩の声だった。

「悪いが、新薬の服用を止めて欲しいんだ。詳しいことはまた話すけど、副作用があるっていう報告が入った。ホルモンの影響かな、インポになるらしいんだよ。だから、ストップしてくれないか。やめれば、すぐに治るらしいからさ、悪いな。じゃあ、また連絡する」

ぼんやりとした頭に、だみ声の「メリー・クリスマス」という言葉が残った。夜の闇が貼りついている窓ガラスに、すっかり濡れそぼって、頭の天辺だけ光らせている自分が映っていた。

尻

1

その日、弘恵は下校前のホームルームの時間に担任から名前を呼ばれた。全体にひょろひょろとして頼りなく、髪にはいつも寝癖がついていて、度の強い眼鏡をかけている担任は、日頃から無表情で、何を考えているのか、どんな機嫌なのかもほとんど分からない。

「ちょっと、前に来て」

外見に似合わない野太い声で言われた時、弘恵の中では一瞬のうちに、ついさっきの昼休みのことが思い浮かんでいた。昼休み、例によって弘恵は仲間の二人と共に絵美子を呼び出して、財布を出せと迫った。そして、これもいつもの通りに彼女が「嫌だってば」と答えるのを合図のように、彼女の髪を引っ張り、脇腹と尻の辺りに蹴りを入れ、二の腕の内側を、嫌というほどつねり上げてやった。そのことを、担任にチクられたのではないかと思ったのだ。

「もう、持ってこられないよ。無理だって。親にだって、バレちゃうよ」

絵美子は眉根を寄せ、唇を噛みしめながら震える声で言っていた。理科の準備室でのことだ。弘恵自身は主に二人の仲間がすることを、ただ眺めていただけだ。まるで、弘恵の手先のように動く彼女たちは、この一年間、弘恵にとってまったく都合の良い「親友」だった。

「そんなこと、私らには関係ないっていってんじゃんよ、バーカ」

親友の一人が薄ら笑いを浮かべながら、またもや絵美子の頭を小突いた。弘恵は、別に小遣いに困っているわけではない。ただ、そうすることが何よりも相手を困らせることになるというのを知っているだけのことだ。取り上げた金は、大抵の場合は二人の親友が飲み食いに使ってしまう。

窓の外には真新しい画用紙のような、一面の雪景色が広がっていた。この数年は雪が少なかったが、今年は正月を過ぎた頃から雪の日が増えて、以来、辺りは幻のように白いばかりの、無表情な世界になった。時折、雲間から日が射せば、別世界になって美しい銀色に輝かないこともないのだが、低い灰色の雲が立ちこめる日の方が格段に多い。雪が降っていれば視界は余計に遮られるし、遠近感さえもほとんど分からなくなるような空虚なこの景色が、弘恵を退屈させ、そして余計に苛立たせていると思う。

「あんた、この部屋に何があるか、分かってんでしょうね」

弘恵は、ゆっくりと薬品棚を指さしながら、冷たいはずの床に尻をついてへたり込み、唇を噛みしめている絵美子に囁きかけた。

「あそこの棚には、塩酸だって、硫酸だってあるんだからね。分かってんの？」

絵美子は心底怯えきった表情になって、息を呑む。弘恵たちはバカ笑いをしながら、そんな絵美子をチャイムが鳴るまで小突き回した。

卒業まで、もうそれほど間がない。その残り少ない間に、「くそ絵美子」の息の根を止めてやりたいというのが、弘恵たちのグループの一致した意見だった。理由など、ありはしない。三年になって、絵美子と同じクラスになったときから、何となくそういうことになったのだ。

大体、絵美子は最初から目立ちすぎていた。クラスの係を決めるのにも、グループ分けの時でも、「はい」と手を上げるのでも、絵美子は必要以上に陽気すぎ、はしゃいだ声を上げすぎ、そして、活発すぎた。何をするにも楽しくて仕方がないように見えた。それが、弘恵の癇に触った。

本当は、友だちになっていれば楽しかったのかも知れない。だが、弘恵は自分と気の合いそうな、少し似ている気がする女子に限って、標的に定めてきた。今年だけでなく、去年も、一昨年も、小学校のときもそうだった。

「小出、何か分かるか」

担任の顔には、頬にニキビ痕がたくさん残っている。まだ三十前だという話だが、時々、青々としたひげ剃りあとにかさぶたを作っていることもあって、いかにも不潔たらしい印象を受けた。そんな担任に、眼鏡の奥の小さな目で見据えられて、弘恵は腹を決めた。たとえ今、クラス全員の前で絵美子のことを問いただされたとしても、何が何でも白を切り通してみせる。そして、放課後になったら、徹底的に復讐してやる。

ところが、担任の口から聞かれた言葉は、予想外の「おめでとう」というものだった。そして、弘恵がぽかんとしている間に、担任は他の生徒を見回した。

「小出がな、東京の女子高に合格した」

教室中からどよめきが起きた。

「はい、拍手！」

命令口調の担任の声に応えるように起こった、まばらな拍手に包まれて、弘恵は一瞬、どんな顔をすれば良いのかも分からなかった。今日が発表だったことさえ、忘れていたのだ。第一、受験のことはクラスの連中には内緒にしておいてくれと、母から担任に念を押してあったはずではないか。受からなかった場合に人聞きが悪いし、噂や嘲笑の的にはなりたくないというのが、弘恵の両親の考えだった。だが担任は、弘恵の心を読み取ったかのように「受かったんだから、もういいよな」と初めて薄く笑った。

男子の中から、「なんだよぉ」という声が上がった。

「東京の女子高受けてたなんて、何も言ってなかったじゃないかよぉ」

「さすが、小出産婦人科！」

「高校から東京かぁ、いいなあ」

ヤジの飛ぶ中で、担任は弘恵に向かって何か挨拶をしろと言った。裏切り者。おしゃべり。挨拶なんて、したくない。

——嘘でしょう。何で、あれで受かるわけ。

だが、日頃から駄洒落(だじゃれ)の一つも言わないような担任が、こんな時に限って、冗談を言うはずがない。

「ほら、小出。お前が合格第一号なんだから」

担任は表情を変えないまま、言葉を続ける。弘恵は仕方なく、クラスメートの方を向いた。笑顔。無表情。困惑。羨望。好奇心。その中には、あの絵美子の顔もあった。彼女の顔に浮かんでいたのは、間違いなく安堵の表情だった。その途端、弘恵は大きく息を吸い込み、いつもの笑みを浮かべていた。

「黙ってて悪かったけど、そういうことだから。あ、東京に来る時には、案内してあげるわよ。夏休みには帰ってくるから、その時はまた、よろしく」

「ねえねえ、女子高って、どんなとこよ。何ていう学校？」

クラス一お喋り（しゃべ）の女子が身を乗り出してきた。弘恵は、ある女子大の名前を口にして、その付属高校だと答えた。

「あ、知ってる！　聞いたこと、ある！」

別の女子が大きな声を出す。そして、彼女は「一流じゃん！」と目をむいた。クラス中からため息のようなものが上がり、友人たちに、今度は憧れとも落胆ともつかない表情が浮かんだ。

「すごい！　じゃあ、大学受験しないでも、そのまま、すうって行けちゃうんだねえ」

「やっぱ、この辺の私立とはわけが違うんだ」

「弘恵、陰でばっちり、勉強してたんだぁ！」

弘恵は、当たり前ではないかという表情で微笑んでいた。本当は、そんなはずがないと今でも思っている。親は熱心だったが、弘恵自身は、別に受かりたいなどと思っていなかったし、第一、自分の実力からしてもまず無理だと考えていたのだ。無論、ゆくゆくは東京へ行きたいとは思っている。だが、それは大学からで十分のはずだった。高校までは地元で、自宅から通いたかった。中学までの仲間も進む、地元の県立高校に行きたかった。その方が楽しいし、気楽だし、第一、達郎（たつろう）のことがある。弘恵は達郎と約束していたのだ。一緒の高校に進もうねと。

「――皆も、頑張ってね」

担任が小さく頷くのを確認してから、弘恵はのろのろと自分の席に戻った。

「ちょっとぉ、水くさいよ、弘恵」

ホームルームが終わると、真っ先にいつもの仲間が集まってきた。

「先週、学校休んだのって、風邪ひいたんじゃなかったんだ。東京に行ってたんだね」

「だったら、そう言ってくれれば良かったんだよ」

日頃、絵美子をいじめるときに一致団結する彼女たちは、白けた表情で弘恵を見、それから二人揃って顔を見合わせながら「ねえ」とため息をついている。弘恵は謝る気にもなれず、ただ口を尖らせていた。自分だって、受かるつもりなどなかったのだ。だから、彼女たちに対して嘘をついているという意識もなかったし、こんなことで責められるとも思っていなかった。

「同じ高校に行こうとか言いながら、全然そんなつもり、なかったってことじゃない」

「ちがうって、そうじゃないって」

一応は言い返してみたが、彼女たちの目に浮かんだ不信の色は、そんなことでは拭いきれなかった。弘恵は取り繕うつもりで、とにかく一緒に帰ろうと彼女たちを誘った。

「本町まで出てさ、ハンバーガー食べて帰ろうよ。おごるって。私、今週、掃除当番だから、待ってて」

だが、彼女たちは浮かない表情のまま、互いに目配せをした上で頭を振った。

「私らは、これから受験だもん。もう受かっちゃった人みたいに、のんびりしていられないからさ」

「弘恵が余裕っぽかったから、こっちも一緒になってたけど、考えてみたら、それどころじゃないもんね」

「やられたなって感じ」

そして、二人はそそくさと離れていってしまった。弘恵は、口の中で「何よ」と呟き、ふん、と小さく鼻を鳴らした。同じ掃除当番の級友たちも、誰もが気まずそうな、何となく曖昧な表情で顔を背けてしまう。誰一人として話しかけてくる者はいなかった。弘恵は突然、自分が皆とは違う立場に立たされたことを実感した。ふいに淋しさが全身に広がった。

──何で、受かっちゃったんだろう。

こんなはずではなかった。受験生という息苦しい状態から解き放たれる時は、達郎や他の友だちと手を取り合って、もっとはしゃいでいなければならないはずだった。

一人で家に向かって雪道をのろのろと歩く間も、弘恵は本当に東京へ行かなければならないのだろうか、何とかして地元にとどまることは出来ないものだろうかと考え続けていた。第一、達郎に何と説明すれば良いだろう。どう言えば、彼を納得させられるだろうか。考えれば考えるほど、ため息が白い塊となって寒空に溶けていった。

「支度しなさい。明日、東京に行くんだから」

ところが、家に帰るなり、弘恵を待っていたのは母の祝福に続くそんな言葉だった。いかにもいそいそとした表情で、母は「忙しくなるわ」と続けた。診療時間だったが、父や祖父、叔父までが隣の棟から交替で母屋に戻ってきて「良かったな」と目を細める。さらに離れに住んでいる祖母などは、早々と祝儀袋を持って現れた。弘恵はますます困惑した。

「本当に、受かってたって?」

張り切った表情で明日の段取りを考えているらしい母に尋ねると、母は当たり前ではないかと声を出して笑った。

「だから明日、早速行くんじゃないの。もうホテルも取ったのよ。ほら、この前と同じ。あなたも気に入ってるでしょう?」

「まだ、早いよ。入学手続きだけだったら、別に私が行かなくても——」

「何、言ってるの。入学手続きだけじゃないのよ。制服の採寸だって早い方がいいでしょう？　ついでに寮に入る手続きもして、お買い物もしちゃいましょうって言ってるの。大丈夫よ、学校の方にはさっき電話で言っておいたし、第一、もう内申にも関係ないんだから」

母は、有無を言わさぬ表情で言うと、スリッパの音を響かせて二階へ上がりかけ、途中でくるりと振り向いた。

「今晩はお祖父ちゃまたちと皆で一緒に、それからパパのお知り合いもいらして、お祝いすることになってるからね。ちゃんとご挨拶してちょうだいよ」

「明日、飛行機？」

返事をする代わりに、弘恵は母を見上げた。母は、明日も吹雪くそうだから、列車の方が良いだろうと答えた。

「まあ、朝になって飛んでるようなら、飛行機にするけど」

「私、列車じゃ嫌だ。ねえ、そんなに急ぐことないって」

だが母は、毅然とした表情で「駄目よ」とだけ言い残して、そのまま階段を上がりかけ、そう言えば寿司屋と肉屋に配達の注文をしなければと、また慌ただしく階段を駆け下りてくる。

「あ、お花屋さんにもだわね。忙しいったらないわ」

ぱたぱたとリビングの方へ抜けていく母の後ろ姿を見送り、弘恵は、まるで母が合格したようではないかと思っていた。

――東京、か。

雪のない都会へ行くのが嫌なわけではなかった。乾いた地面を、普通の靴で歩き回りながら、好きな買い物だって出来るだろう。だが、それでも気持ちは弾まない。

達郎に、どう言おう。何と言って説明しよう。弘恵は自分も階段を上り始めながら、どう言い訳しても仕方がないと結論を下していた。電話したところで、口に出来る言葉が思い浮かばない。謝ったって、事態が変わるわけでもないのだ。結局、自分と皆とは違うということだ。小出産婦人科病院の一人娘には、それらしい将来がある。そんな母の口癖ばかりが思い出された。

2

本当は、試験の成績だけでは合格出来なかったと母から聞かされたのは、一週間も東京で過ごして、明日は再び雪の故郷へ帰るという晩のことだった。学校だけでなく、四月から世話になる民間経営の学生会館にも入寮の手続きを済ませ、部屋が空き次第運び込めるように、新しい寝具や生活用品まで、すべてをデパートで注文して、ついでに原宿で買い物をして、映画も観て、ああ、やはり東京は良い、春からは東京で新しい生活に入るのだと、ようやく気持ちに踏ん切りがつきかけたところで、母は「実はね」と切り出した。

「分かるでしょう？　パパもママも、それだけ真剣に、あなたの将来を考えてるっていうことなのよ」

この一週間、ことあるごとに父名義のカードを出して、見ているだけで気持ち良くなる程、買い物をしまくっていた母は、すっかり馴染んだ感のあるホテルの部屋で、ルームサービスのワインを飲みながら、弘恵を見てしみじみと言った。つまり、裏口入学ということらしい。たまたま、受けた学校の理事長が父の知り合いだったから、何とか潜り込むのに成功したと、そういうことなのだ。弘恵は、またもやどんな顔をすれば良いのかが分からなくなった。怒るべき？　だけど、もう遅い。この一週間で、母は驚くほどの大金を弘恵のために支払ったし、第一、弘恵自身、すっかり東京へ来る気になってしまっている。

「どうしてママが、わざわざこんな話をするか分かる？」

弘恵は、弱々しく頭を振った。大方、お金がかかっているのだから、しっかりやれとでも言うのだろうと思ったが、敢えて口にしたくはなかった。それは、あまりにも屈辱的な言葉に思われた。

母は、血のような赤いワインの注がれているグラスを傾けて、ほんの少しを飲み込むと、小さなため息をつきながら改めてこちらを見た。

「お金のことなんか、気にすることないの。弘恵ちゃんのためなら、パパもママも、どんなことでもしてあげるから。だけどね、あなた、春からは一人になるのよ。誰からも注意されないからって、浮かれて遊んでばかりいて、もしも成績が伸びなかったら、その時は、ママたちだってかばいきれないっていうことなの」

「——落ちこぼれるっていうこと」

弘恵の言葉に、母はいかにも悲しげにため息で応えた。

「だって、スタートからして皆よりも少し遅れてるかも知れないんだもの。だから、いい？　他のことならいざ知らず、成績だけは弘恵ちゃん自身が努力しなきゃ、どうすることも出来ないっていうことを、忘れたら駄目」

そうでなければ、途中で高校を放り出される可能性もある。せっかく潜り込んだ高校で、たとえビリでも何とか過ごすことさえ出来れば、そのまま大学までエスカレーター式に進めるのだ。そのためには、これまでよりも、もう少しで良いから努力して欲しいのだと、母は真剣な表情で言った。

「分かったわね？　もし、途中で高校を替わるなんていうことになったら、親戚中にも知れるし、ご近所でだって、すぐに噂になるんだから。そうしたら、弘恵ちゃんの将来に、傷がつくのよ」

本当は、両親の顔に泥を塗ることになるのだろうと思った。だが、母の言うことにも一理ある。弘恵に羨望の眼差しを向けていたクラスメートたちだって、自分を裏切ったと思っているかも知れない達郎だって、弘恵が落ちこぼれたりしたら、きっと大喜びするに違いない。ざまあみろと、指さして笑うことだろう。それだけは、嫌だった。

「ガリ勉しろとまでは言わないけど、浮かれて遊んでる場合じゃないっていうこと、忘れないで欲しいの。遊ぶにしても、高校生らしく、程ほどに、ね」

最後に、母はそう言った。弘恵は、数日前に銀座で買ってもらったばかりのシルバーのペンダントを指先で弄びながら、結局、素直に頷くより他なかった。

ベッドに入ってからも、弘恵はぼんやりと考えていた。受験からは解放されたし、東京にも来られる。だが、余計なプレッシャーがさらにかかったと思う。どうして、そこまでしなければならないのかが、よく分からない。本当はこんな時、誰かに「そんなに無理することないって」と言って欲しい。弘恵は弘恵のままで良いではないか、普通に故郷で高校生になれば良いではないかと言って欲しかった。それが達郎だったらどんなに良いだろうと思ったが、それは、あまりにもはかない夢に思われた。隣のベッドからは、母の規則正しい寝息が聞こえていた。

乾いた風の吹き抜ける青空の東京からは想像も出来ないほど、帰り着いた故郷は、厚い雲に被われた灰色の世界だった。それでも弘恵は、やはり故郷が好きだと思った。静かで、穏やかで、落ち着いたこの日本海側の町が好きだった。故郷にいる家族や友人の傍から離れたくないと思った。

翌朝、降り積もる雪を踏む感触さえ慈しみたい気持ちで、弘恵は白い息を吐きながら久しぶりに学校に行った。ちょうど校門が見えてきたところで、口元までマフラーを巻き、紺色のアノラックを着込んだ達郎と出くわした。あっと思って、反射的に笑顔になろうとしかけたのに、ところが弘恵と目が合った途端、達郎は、その視線を自分の方からすっと外して、そのまま行き過ぎようとした。

――怒ってる。

弘恵は、身がすくむほど悲しくなった。この一週間ずっと会いたくて、せめて声だけでも聞きたいと思っていたのに、その相手が今、明らかに弘恵を避けようとしていた。

弘恵は、わざとらしく「堀井くん！」と声をかけた。今は違うクラスだが、二年生の時は一緒だった達郎を、弘恵は二人きりになれた時以外は、そう呼ぶことにしていた。

達郎は、少し前屈みの姿勢のまま、ゆっくりと振り返った。弘恵は白い息を吐きながら、雪を蹴散らして達郎に走り寄った。その横を、他の生徒たちが通り過ぎていく。雪のせいで、話し声はほとんど吸収され、少し離れてしまえば聞こえなくなるはずだった。

「電話したいと、思ってたんだ」

弘恵は、小さな声で達郎に話しかけた。だが達郎は、横を向いたまま「ふうん」と答えただけだった。

「ふうんて、何？　私、昨日まで留守にしてたから――」

「知ってる。東京、行ってたんだろう？　あっちの女子高に、行くんだってな」

弘恵は、もう噂が広がっているのかと思い、一週間もたっていれば、それも当然だと納得しながら、「知ってたの」と呟いた。達郎は返事をせずに、黙々と校舎に向かって歩き出す。その寒そうな後ろ姿を眺めるうち、弘恵の中で、悲しみとは裏腹の、小さな怒りが火を灯した。

「何よ、知ってたんなら、おめでとうぐらい、言ってくれたたって！」

すると、達郎は雪の中でくるりと振り向いた。

「人のこと、めでたがってる場合じゃねえよ。俺の試験は、これからなんだから！　俺は県立、受けんだから！」

その声は、横を行き過ぎる同級生の耳にも十分に届いたに違いなかった。追い越しざまに、驚きと共に、冷ややかな視線や歪んだ笑みのようなものを残していくクラスメートに気づいて、弘恵は息を呑み、そして、呆然となりそうになった。遠ざかる達郎の背中が、早くも雪にかき消されそうだ。運命が、大きく変わってしまった。もう達郎とは、二度と話すことさえないかも知れない。

——捨ててやる。こんな故郷。こんな友だち。こっちから。

それから卒業までの日々を、弘恵はほとんど砂を嚙む思いで過ごすことになった。いよいよ受験シーズンの本番に入った上に悪性のインフルエンザが流行って、クラスは全員揃うということがまずなく、時には半数以上の生徒が欠席した。クラスに数人しかいない就職組の生徒や、公立高校に入る実力がないという理由で地元の私立校に行くことになった生徒に混ざって、弘恵は自習時間を利用して、卒業文集や卒業アルバムの制作を手伝わされることになった。

だが、授業とは異なる雑多な忙しさが、ある意味で救いにもなっていた。少し前まで親友だと信じていた友人はとうに遠ざかり、やがて同じ高校への進学が決まった生徒たちが、早くも新しいグループを作り始める中で、弘恵は確実に孤立していた。

雪は消えていないが、雲間からこぼれる陽射しに、確実に春の気配を感じる頃、いよいよ卒業式がやってきた。就職する子のうちの一人が、県内のもう少し大きな町に行く他は、地元を離れるのは弘恵一人だった。そんな弘恵のために、クラスメートが寄せ書きをしてくれた色紙が担任から贈られた。

「東京へ行っても元気でね」

「夏休みには遊ぼうぜ！」

「遊びに行くから、案内してくれ！」

「キミの未来は明るい」

「エラくなっても友だちでいてね」

最後まで親しめなかった担任と、三十四人のクラスメートから、ひと言ずつのメッセージが書かれている色紙を見て、弘恵は涙をこぼした。こんなに親切そうな言葉を寄せてくれるのに、本当は東京になんか行きたくないのよと言える相手が、ついに一人もいなかったことが悲しかった。

3

弘恵が暮らすことになったのは、渋谷からほど近い、民間の企業が経営しているという女子学生会館だった。学校にも寮がないわけではなかったのだが、一人部屋がなかったことと全体の設備が古いことに、弘恵よりも母が難色を示し、その寮を探し出した。外観は普通のマンションと変わらないそこには、全国から集まった女子学生ばかりが五十人あまり暮らしていた。

「お姉さんがたくさんいると思って、何でも相談して、気軽に暮らしてね」

入学式も無事に済み、母が手を振って帰っていった後、今日から自分の根城になる六畳ほどの部屋でぼんやりしていると、まず寮母がここでの決まり事が書かれた紙を持ってきた。

「面倒臭いと思うかも知れないけど、当然のことを書いてあるだけなのよ。普通に生活していれば、別に窮屈な場所じゃないはずだから。そりゃあ、お家にいて、我がまま一杯言えた時とは、少しは違うかも知れないけどね」

年寄りと言うには大分若いが、かといって母よりは年上に見える、五十代くらいらしい寮母は、「それにしても」と言いながら室内をのぞき込んだ。

「たくさん買い揃えたものだわねえ」

弘恵は自分も一緒になって室内を見回した。机とベッド、小さな洋服掛けは最初から部屋に設置されていたものだ。それ以外の、ラグマットに寝具、小さなドレッサーから本棚、小型の座卓、クッション、スタンド、目覚まし時計など、すべては弘恵と母で買い揃えた。何もかもが新品だ。

「掃除機なんか、あるって言ったのに」

部屋の片隅に立てかけられた小型の掃除機を眺めて、寮母は小さく肩をすくめた。確かに掃除用具は共同のものがあると聞いた。だが母は、他人の部屋の埃を吸ったもので、自分の部屋の掃除などしたくはないだろうと言って、自宅では掃除機などかけたことのない弘恵のために、その小さな機械を買ってくれた。

「まあ、せいぜい綺麗にすることだわね。ああ、夕食の時にでも、他の寮生に紹介するわね。とはいっても、全体の三分の一程度っていうところだけど。後はもう、自然に覚えるわよ」

寮母はそれだけ言い残して、忙しそうに立ち去った。あまり好きになれそうにない人だと、弘恵は小さくため息をついた。再び一人に戻って、ベッドに腰を下ろすと、ぼんやりと手渡された紙を見つめる。

一、何事も他人の迷惑にならないように。特に浴室、洗面所、手洗い、洗濯室、娯楽室など共同の場所は丁寧に使用すること。
一、門限は高校生は午後八時、大学生以上は午後十一時とする。外泊は当日の午後三時までに申し出ること。
一、朝食は午前七時から八時半まで、夕食は午後六時半から八時までとする。それ以外は各自で行うこと。また、炊事室を使用する場合は火の元に注意し、責任をもって後片づけをすること。
一、入浴は午後四時から十一時までとする。なお、個室シャワーは二十四時間使用出来る。
一、貴重品の管理は各自が責任をもって行い、多額の金銭などは管理人に預けること。また外出の際は必ず部屋に施錠し、鍵の管理は各自で行うこと。
一、娯楽室は基本的にいつでも使用できるが、深夜にはテレビの音量、話し声などに注意すること。
一、部屋にテレビ、ステレオ、電子機器などを置いている人は、音量に注意すると共に、外出時には電源を切ること。

一、原則として当寮に無関係の者は立ち入りを禁ずる。特に男性の立ち入りは厳禁。

一、クリーニングに出した服は各自で管理人室に引き取りに来ること。

一、その他、分からない点は寮母、先輩に質問すること。

何だかやたらとたくさんの決まり事がある。だが肝心の、朝は誰がどうやって起こしてくれるのかが書かれていなかった。ホテルのようにモーニングコールを頼めるのだろうか。だが、部屋に電話などついてはいない。

――自分で、起きろっていうこと。

弘恵は寝起きが悪くて、いつでも母が三回以上は声をかけてくれなければ起きることが出来ない。これまで、ずっとそうだった。だが、親元から離れて暮らすということは、結局一人で起床し、身支度を整え、一人で登校する、そういう日々を、もう明日から送らなければならないということに違いなかった。その上、しっかり勉強しなければいけないときている。そうでなければ落ちこぼれるのだ。行き場を失い、親の面子(めんつ)を潰すことになる。

出るのはため息ばかりだった。ベッドにごろりと横になる。

——今日からここが私の部屋。私の居場所。

だが、部屋から一歩でも外に出れば、そこは見知らぬ人たちが往来する見知らぬ世界だ。こうしていても、どこからかコトコトと音が聞こえてくる。見知らぬ人のたてる、生活の音。だが、仕方がない。じきに慣れる。慣れてみせる。弘恵は最後に大きく深呼吸をすると、ベッドから起き上がり、とにかく勉強机の周囲を整えることにした。真新しい教科書が、こちらを脅かすように並んでいた。

東京での日々が始まった。緊張と共に始まり、緊張と共に過ぎる毎日は、弘恵にとってはすべてが新鮮というより、むしろ異次元のものに思われた。

まず、同級生たちの誰もがお洒落で垢抜けていることに、弘恵は度肝を抜かれた。どこを向いても男子の姿の見あたらない校内には、常に賑やかな声が溢れていて、ついこの間まで中学生だったとは思えないほど、大人っぽく見える少女たちは華やかで美しく、まるで物怖じすることもなく、ハキハキとした言葉で喋る。ことに、付属の中学から一緒だったらしい生徒たちは、入学式当日からもう馴れ馴れしくはしゃいでいた。彼女たちの会話、持ち物、立ち居振る舞いのすべてが、弘恵には脅威に感じられた。自分だって、中学時代はクラスでもお洒落な方だったし、垢抜けているつもりだったし、医者の娘として十分に目立つ存在だったのだ。だが、そうして培ってきたプライドなど、何も通用しなかった。所詮、自分などは訛りのある田舎者で、都会のことなど何も知らず、彼女たちの会話にもついていかれない。その思いが弘恵を打ちのめした。

「小出さんて、寮生なんだって？」

時には話しかけてくれる友だちがいないことはなかった。だが、弘恵はいつでも気後れして、満足に答えることさえ出来なかった。先生に名前を呼ばれても、顔が真っ赤になり、舌がもつれるほどだった。

――このままじゃあ、置いていかれる。私だけ、ついていかれなくなる。

ただでさえ、自分は正当な手段で入学してきたわけではない。本当ならば、皆と同じ制服さえ着ることはかなわなかった。その思いは、ほとんど恐怖に近かった。自然に弘恵は孤立し、ひたすら寮と学校とを往復するだけの日々になった。

寮に帰りさえすれば、取りあえずは自分の居場所がある。毎日顔を合わせるうち、誰かが話しかけてくれるようにもなってはいた。

「あ、お帰り」

相手は年上の寮生だったり、寮母だったり、または管理人のこともあった。彼女たちは、時には「学校にはもう慣れた？」などと、様子を尋ねてくれることもある。それだけが、弘恵には救いだった。それでも、自宅とはまるで異なる環境は、決して居心地が良いとは言い難かった。

　とにかく、共に暮らす人たちが年齢もタイプも、あまりにも幅が広過ぎた。高校一年生は弘恵一人きりで、あとは二年生が三人、三年生が二人、残りの四十人あまりはすべて大学生か大学院生という構成だ。高二の三人組は学校も一緒で、何をするにも行動を共にしている。高三の二人は別々の学校で、一人はガリ勉タイプ、一人は大人のように化粧をして、年がら年中、外泊をしていた。

　そして、それぞれの出身も、大学で何を学んでいるかも分からない大学生以上の女たちとなると、弘恵にはまるで別世界の存在だった。驚くほど厚化粧で派手な人もいれば、無愛想で陰気くさい人もいて、その服装や化粧が変わるだけで、顔さえなかなか覚えられない。彼女たちは、それまでの中学時代の友人だけでなく、母や祖母や叔母、親戚など、どんな同性も見せたことのない習慣や癖、表情を持っていた。

　夜、一時間でも二時間でもカード式の公衆電話を占領する女がいる。暇さえあればテレビの前に陣取って、菓子ばかり食べている女がいる。さらに、一日のうちに何度も服を着替える女がいるかと思えば、弘恵が入寮して以来、ずっと同じ服を着て、ほとんど出かけている様子のない女もいた。食事も勝手に摂っているらしく、寮にいるときは部屋から滅多に出ることもなくて、存在そのものを消している感じの人もいた。

弘恵を憂鬱にさせたのが、洗面所や手洗いなどの、共同で使用する場所だった。朝、洗面所は日によってかなり混雑する。手洗いは、各個室に「清潔に！」という貼り紙がしてあるのに、生理用品が散らばっていたり、ひどく汚れていることがあった。そして何よりも嫌なのが入浴だった。

浴室そのものは広々としていて清潔で明るい雰囲気なのだが、何しろ一人でゆっくりと風呂を使うということが不可能に近いのだ。今日こそは一人と思っても、必ず後から誰かが入ってくるし、下手をすればタイル張りの浴室には、黄色い声がわんわんと響いていて、弘恵など身の置き所もないような雰囲気になった。

「そんで、そんで？」

「そんでぇ、彼氏の方が『ざけんなよ』とかって言ったからぁ、『どっちがよ』って言い返してぇ、ついでにケリも入れてやったんだって」

「だから言ったじゃんねえ、あんな男、やめとけって」

「あ、ねえねえ、知ってる？　ヤス子、今月まだないんだってよ」

「げえっ、出来ちゃってんじゃないの？」

誰もが恥ずかしげもなく平気な顔でむだ毛の処理をしたり、裸で体操をしたりしながら、そんな噂話ばかりしている。時にはもっとあからさまに性的な話を始めることもあって、弘恵の存在に気付いたところで「いい勉強になるでしょう」などと笑うのがせいぜいだ。

弘恵だって、確かに修学旅行の時には友だちと風呂に入った。家族で温泉旅行などすれば、母や祖母と共に風呂に入ることもある。だが、基本的には誰にも邪魔されず、誰の視線も気にせずに、一人でゆっくりと風呂に入りたかった。

「共同生活なんだから、それは仕方がないわよねえ」

ほとんど毎晩のように、新しく持たせてもらった携帯電話に連絡を寄越す母に話しても、受話器の向こうの母は大して深刻そうな声も出さずにそう答えるだけだった。

「弘恵ちゃん、これまでほとんど、そういう経験がないから、慣れてないだけのことよ。でも、シャワーだけで済ませるなんて、駄目よ。いい？　ちゃんと湯船に浸かって、ゆっくり温まるようにしなさいよ、ね？　風邪なんかひいたら、ママだってすぐに飛んでいってあげるわけにいかないのよ」

言われるまでもなく、弘恵はシャワー室を使ったことがなかった。使いたいと思っても、二つしかないシャワー室は、どういうわけかいつも使用中のことが多かったし、やっと空いていると思って一度、中を覗（のぞ）いてみたら、長い髪の毛がたくさん落ちていて、気持ちが悪かったからだ。

「やっぱり、家がいい、私」

「今更、そんなこと言わないの。ママたちだって淋しいけど、弘恵ちゃんのためだと思って我慢してるんだから。それに、五月の連休には帰れるんじゃないの、ね？　飛行機のチケットを送ってあげるわ」

思い切って本音を明かしても、母はまるでとりあってはくれなかった。結局、弘恵は「おやすみ」と言って電話を切ることしか出来なかった。

毎日が長くてならなかった。五月の連休を、弘恵は大げさでなく、本当に一日千秋の思いで待ち侘びた。そして、ようやく明日から連休に入るという日は、そのまま学校から羽田に直行して、制服のままで故郷への飛行機に飛び乗ってしまった。

「元気そうじゃないの！」

「何だか、肌まで白くなったんじゃない？　綺麗になったわよ、ねえ」

空港に迎えにきてくれた母と祖母は、弘恵を見るとまず嬉しそうに目を細めた。そして、制服が似合うと褒めそやし、弘恵が制服姿を見せるために、そのままの格好で帰ってきたのだと早合点をした様子だった。

家に帰れば父や祖父たちが、やはり弘恵の制服姿を喜び、東京での話を聞きたがった。弘恵は久しぶりに家族に囲まれ、話題の中心になって、学校でのあれこれや、寮での暮らしを話して聞かせた。自分ではそんなつもりはないのに、どういうわけか面白おかしい話しか出来なかった。

「楽しそうで、良かったじゃないか」

父が目を細める。弘恵は、母と約束していた。父の前では、自分は実力で入学したと信じ切っているふりをすること。そうでなければ父は悲しむ。父は、何も弘恵に恩を着せるために多額の寄付金を支払ったわけではないし、弘恵が自信をなくすことなど、何よりも望んでいないのだ。だから、とにかく普通の成績をとって、後は学校生活を満喫すれば、それが父にとって最大の喜びなのだと母は言った。

「やっぱり、東京に行ってよかったかい」

「そりゃあ、ね。どうせ東京の大学に行くんなら早く慣れた方がいいに決まってるんだし、寮だって日本全国から人が集まってるから、とにかく面白いもの」

心にもないことばかり、どうしてこうもぺらぺらと話すことが出来るのだろう。だが、父を始めとして家族の誰もが、弘恵の言葉を信じきっている様子だった。少し痩せたことまでも、ダイエットだと言ったら家族は笑った。

連休中には、卒業以来初めてのクラス会も予定されていた。とにかく新生活の報告会をしようということで、まだ在学中に決まったのだ。弘恵は東京から持ち帰った新しい服を着て、すっかり新緑の季節を迎えつつある町を歩き、懐かしい母校へ向かった。

「へえっ、やっぱ雰囲気、違うわ」

「なんか、東京の人っぽく、見えるもんねえ」

久しぶりに顔を合わせたかつての級友は、珍しそうに弘恵を見て、口々にそんなことを言った。だが、弘恵が生き甲斐のようにいじめ続けていた絵美子はもちろん、親友と信じていた二人さえも、弘恵から一定の距離を置き、決して親しげに話しかけてこようとはしなかった。あんなにいじめられていたくせに、絵美子は彼女たちと親しくなっていたのだ。三人は共に、弘恵も行きたいと思っていた県立の高校に進んでいた。

——どうせ、皆とは進む道が違っている。田舎に取り残されている連中なんかとは、もう違う。

弘恵は懸命に自分に言い聞かせていた。本当は泣きたいほど懐かしかったのに、自分の作り笑顔がまるで陶器にでもなったかのように、冷たく固まっているのを感じていた。

「えっ、絵美子、もう彼氏作っちゃったの」

つい、ぼんやりしていると、そんな声が耳に飛び込んできた。反射的に声のした方に視線を移す。そこに、頰を染めて友だちの腕を叩きながらはにかんでいる絵美子がいた。

「誰、誰」

誰かが身を乗り出す。

「皆の、知ってる人」

「え、うちの中学のヤツ？」

数カ月前までは、弘恵のすぐ隣にいて、小鳥のようにさえずっていた二人の親友が、今は絵美子の傍で「そうそう」などとはしゃいでいる。そして、弘恵の耳には、「堀井くん」という言葉が届いた。

——達郎。

ぼんやりと、達郎の顔が蘇った。最後に、雪の中で振り返ったときの、冷たく無表情な達郎。雪にかき消された背中。その前は、彼はもっと優しかった。時には照れたような笑顔を向けてくれた。最初に好きになったのは、達郎の方だったはずだ。確か、弘恵はそう聞かされた。

——それが、絵美子なんかと。

皆、小さな世界で固まっていれば良いではないか。自分は東京の人間になる。そして、誰も容易に近寄れないような、そんな存在になってやる。弘恵は唇を嚙みしめ、つん、と顎（あご）をあげたまま、ぬるくなったジュースを飲んでいた。

4

おかしいと思い始めたのは、六月初旬のことだった。連休が終わり、再び上京してからの弘恵は、以前にも増して新しい生活に馴染もうと努めたし、その甲斐あって、少しずつ友だちも出来ていった。そして中間テストが終わり、結果も出て、何とか中の下あたりの成績を取れたとほっとした、そんな頃だった。

排便の度に、肛門に鋭い痛みを感じるようになった。上京以来、便秘気味になっていたから、最初は無理に息むせいだと思った。だが、それにしても数日に一度、やっとの思いで排便する度に襲われる痛みは弘恵を不安にし、また、余計に排便を憂鬱にさせた。大体、それほどの長時間、手洗いを使用することさえ躊躇(ためら)われるのだ。最近では気安く口をきく寮の仲間も増えたし、以前よりは自然に振る舞えるようになったとはいえ、外で誰かが待っているかも知れない、いつノックされるかも分からないと思うと、そうゆっくりと息んでもいられない。

——何で、こんなに痛いの。

やっとの思いで排便できても、それには鋭い痛みが伴う。その上、痛みは徐々に大きくなってきているようにも思われた。やがて、使用したトイレットペーパーに鮮血がつくようになって、弘恵はいよいよ慌てた。生理でもないのに出血するなんて。しかも肛門から。

きっと紙が悪いのだ。弘恵の家では、もう何年も前からシャワートイレになっている。用を足した後は、いつでも清潔に温水で洗い清めることが出来た。だから、弘恵は中学の時にも、決して学校では排便などしなかった。多少、催すことがあったとしても、我慢して家に帰った。それが今では質の悪い紙を使用しなければならない。トイレットペーパーこそが、自分の身体に悪影響を及ぼしているのに違いなかった。

痛みそのものは、五分か十分もすれば忘れる程度のものだった。だから、どうということもないだろうとは思うのだが、それで忘れていると、また数日後、恐ろしい痛みに襲われる。

「どう？　今日は、何か変わったことはなかった？」

その日も脂汗が出るほど息んで、ようやく一週間ぶりに排便出来、その代わりにまたもや忘れかけていた痛みを思い出させられていた時に、母が電話をかけてきた。弘恵は何もないと答えた。きっと便秘も良くないのだろう。明日にでも、新しい便秘薬を買わなければならない。何しろ、今、飲んでいるのは日増しに効き目が悪くなっている。

「最近、いつも何もないのね」

母の声は少し落胆しているように聞こえた。言えば大騒ぎになるのが分かっているからこそ、弘恵は幼い頃から、家族に対しては大切なことほど言わなくなっている。学校でのこと。友だちとのこと。自分自身のこと。それらのことを、母は何も知らない。

「だって毎日、普通に生活してるだけだもの」

「あらあら。そんな生意気なことが言えるくらいなら、元気なのね」

母は、今度はくすくすと笑った。弘恵は、呑気な母を羨ましく思った。そして、これから風呂に入るところなのだと、簡単に電話を切った。洗浄装置がついていない手洗いなのだから、後は風呂に入って清潔にするより他にない。

浴室には三人ほどの先客がいた。その中に玉木むつみという、比較的親しく口をきく女子大生を発見して、弘恵は冷たいタイルを踏みながら、薄く笑いかけた。むつみは茶色い髪をクリップで一つにまとめて、湯船に浸かっていた。

手早く掛け湯をして自分も湯に入る。やはり気恥ずかしいから、むつみと視線が合いにくいように、彼女と並ぶようにした。すると、むつみがおっとりとした口調で「ねえ」と話しかけてきた。

「前から思ってたんだけどさ」

「ひぃちゃんてさあ、結構、お尻、大きいよね」

「何ですか？」

弘恵はぎょっとなって横目でむつみを見た。彼女は、自分のマニキュアの手をしげしげと眺めながら、歌うような呑気な口調で「どっしり、してるもんね」と続けた。

「――そうかな」

「あ、自分で、そう思わない？　上半身に比べてさ、大きいよ。だから、ジーパンとか穿いてると、アヒルちゃんみたいに見えるのね」

言いながら、むつみは思い切り良く立ち上がる。ざぶん、と音がして、しぶきが弘恵にもかかった。目の前にむつみの尻が現れた。

「今はさあ、小尻流行りなのよ。安産型は、駄目。シェイプアップした方が、いいんじゃない？」

むつみの声が浴室中にわんわんと響いた。弘恵は、浴室から出る彼女の後ろ姿をじっと見つめた。どこから見ても大人の女だと思わせる身体には、去年の水着のあとが残っている。だが、そう言われてみれば、彼女の尻は、案外小さいようだ。確かにウエストはくびれているし腰は張っているのだが、尻は決して大きくない。

「私もさあ、あれ、買おうかと思ってんだ。ヒップアップするヤツ、テレビで宣伝してんじゃん」

それまで黙っていた寮生も話に加わってきた。ああ、空中を歩くみたいなヤツでしょう、効き目あるのかしらね。でも、場所とるんじゃない？　じゃあ、皆からカンパ集めて、共有ってことで、娯楽室に置いちゃえば。寮母が何て言うかなあ。皆の意見だって言やあいいのよ。あんな雇われ人に勝手なこと言わせること、ないって。だよねえ。

弘恵は、浴室の中を渦巻く彼女たちの声に包まれながら、湯船の中で、そっと自分の尻に触れてみた。アヒル。そんなに大きいのだろうか。その上、肛門に痛みを抱えてるなんて。

――お尻。私の。

考えてみれば、弘恵はこれまで自分の身体について、ほとんど真剣に関心を持ったことがなかった。胸の方は、目を落とせば嫌でも見えるから、それなりに、ああ、自分も成長しているのだと感じることはあったけれど、もともと肌は白いし、手足だって普通、第一、顔立ちに関しては、自慢ではないが、その辺の、しっかり化粧をしている女子大生よりもずっと良いと自負しているのだ。つまり、自分の肉体に関して、何か思い煩う必要があるなどと、考えたことさえなかった。それが、尻に関してだけ、アヒル並みに大きいなんて。

浴室に笑い声が満ちている。その声が、すべて自分を嘲笑っているように感じられて、弘恵は思わず消えてしまいたい気持ちに襲われた。そのとき、ちょうど誰かが持ち込んだらしい黄色いアヒルの玩具が、浴槽の縁にのっているのが目にとまった。弘恵は、その尻から目を離すことが出来なくなった。

その日から、寮にいても学校にいても、弘恵は周囲の人の尻ばかり見るようになった。ことに体育の授業中など、日頃の制服姿では分からない、クラスメートの体型をじろじろと眺めた。ぴったりとした紺色のブルマー姿になった女子高生たちは、そう言われてみれば尻の小さな少女が多いようだ。皆がそうだから、自分もそうだと思っていた。だが、どうやらそうではないらしい。

部屋にいるときにはカーテンを引いて、小さなドレッサーの前で裸になる。横を向いたり身体を捻ったりして、可能な限り、あらゆる角度から自分の下半身を眺めた。

——何とかしなきゃ。

このままでは皆と違ってしまう。アヒル、アヒルと笑われる。洗練された都会の服装が似合わない娘になってしまう。大体、どうして尻は二つに割れているのだろうか。こんなにぼってりと肉をつけているのだろう。とにかく、この尻がいけない。密かに痛む肛門を包み込む、この大きな二つの肉の塊がいけないのだ。どうせ脂肪の塊なのだから、こんな尻など、ひと思いにそぎ落としてしまえないものだろうか。一つには便秘気味のせいもあるかも知れないと思った。だから余計な栄養まで、腸がきっちりと吸収するのだ。それらが無駄な脂肪になって、弘恵の場合は特に尻にため込まれるのに違いない。

自分が何をすべきか、考えるまでもなかった。とにかく無駄な脂肪を減らす。そして、小さな尻を手に入れる。

——ダイエット。

中学時代には、ほとんど耳にしなかったのに、高校に入った途端、学校でも寮にいても、毎日何度となく耳にする言葉だった。人ごとのように感じていたが、自分にこそ必要なものだったのだ。

その日から、弘恵の日々は密かに変わっていった。周囲の人たちが語っているダイエットに関する情報に、可能な限り聞き耳をたてる。その結果、もっとも手っ取り早く、簡単なのが「もどし」だと知った。たとえば下校途中、ようやく親しくなったグループで、原宿や渋谷を歩き回って、アイスクリームやハンバーガーを食べても、その後すぐに化粧室に飛び込んで、わざと吐き出してしまう方法だ。食べるから太る。だが、食べたいという誘惑は絶ち難い。だから、食べるだけ食べても、消化する前に吐き出してしまえば良い。その理屈は、弘恵には非常に分かりやすく、また説得力を持っていた。

自分の口に数本の指を入れ、喉元を刺激して無理に吐くのは、最初は勇気が要ったし、苦しくて涙が出たが、何日か続けているうちに慣れてしまった。寮に戻って普段通りに食事をとっても、やはり吐く。朝食は、吐いている暇がないので食べないことにした。結局、学校でとる昼食だけが、弘恵が摂取する栄養ということになった。その上で便秘薬を飲む。排便痛は変わることがなかったが、それでも薬が効いていて便が軟らかければ、痛みも少しは和らぐ気がした。

一学期の期末試験では、弘恵の成績は中間テストの時よりもさらに少しだけ伸びていた。夏休み前の父母会のために上京した母は、担任との面談で弘恵の生活ぶりを聞き、狂喜乱舞した。そして、褒美として弘恵にブランド物の腕時計を買ってくれた。弘恵は、真新しい時計をはめて、夏の故郷へ戻った。

「少し、痩せたんじゃないか?」

久しぶりに会った父は、弘恵を見るなり、その眉をひそめた。

「ママにもそう言われたけど、体重は変わってないのよ。結構、シェイプアップしてるんだ」

弘恵は努めて澄ました表情で答えた。父は、照れたような不思議な表情で「シェイプアップねえ」と言っただけだった。

「段々、お年頃になるんだもの。自分を磨きたいと思うようにも、なるわねえ」

祖母がからかう口調で言う。祖父までが、もう変な虫がついたのではないだろうなと言い出して、久しぶりの一家の食卓は和やかな笑いに包まれた。だが、叔父だけが弘恵の手の甲に出来た「吐きダコ」に気がついてしまった。一日に何度となく口に手を入れる、その都度前歯が当たる場所が擦れて、痣のようになっているのだ。

「何だい、その痕。火傷か？」

箸を持つ手の甲を自分で見て、弘恵は澄ました顔で違うと答えた。

「勉強中に、どうしても眠くなったときなんかね、ここを定規や鉛筆でぎゅっと押さえるから。いつの間にか出来ちゃったのね」

眠いのを我慢してまで勉強しているのか、そんなに熱心に頑張っているのかと、家族は一様に驚いた様子だった。弘恵は当たり前ではないかというように、誇らしげに微笑んで見せた。

「へえ、変われば変わるもんだなあ」

「テレビで見るような、ケバケバしい女子高生になっちゃったら、どうしようかと思ってたけど、そんな心配いらなかったようね」

「そりゃあ、小出家の娘なんだ、それほど馬鹿じゃないよな。勉強なんて、分かってくれば面白いものなんだから」

その時になって初めて思い出した。以前の弘恵は、こんな風に一家全員揃う食事が、大嫌いだったのだ。煩わしくて、うるさくて、わざとらしくて。普段はバラバラで、それぞれが勝手に暮らしているくせに、何かあったときだけ、こうして集まって仲良しの家族ごっこをする、そんな家族が大嫌いだった。父だって母だって、弘恵の高校受験が本格化する前は、弘恵のことになどほとんど無関心だったではないか。今の高校に入れようとしたのも、ゆくゆくは婿養子をとって病院を継がせるための足がかり、結局は自分たちのために他ならない。

——どうして、そんなことを忘れていたんだろう。

いつの間にか、まんまと親の策略に乗せられていた気がした。思えば、真剣に受験勉強をしなかったことだけが微かな抵抗だったのに、それさえも金の力でねじ伏せられてしまったということだ。

何だか馬鹿馬鹿しくなった。自分の自由になることなど、何一つとしてないような気がした。残された自由はただ一つ、自分の肉体そのものだ。

「ごちそうさま」

早々と箸を置いた弘恵に、家族はやはり穏やかな笑顔を向けただけだった。

「何だか疲れたから、部屋に上がるね」

「あら、もう？　じゃあ、ゆっくりお休みなさい」

家族中からお休みと声をかけられ、弘恵は笑顔でリビングを後にした。そして二階へ上がると、そのまま化粧室へ直行した。

5

何だか外が騒がしい。ゆっくりと髪を拭きながら、弘恵はシャワー室のドアを開けた。その途端、ざわめきが消えて、ぎょっとした表情の少女と目が合った。

「あ――あの、すみません」

少女とは言っても、どう見ても弘恵よりも年上に見える彼女は、慌てた様子で振り返ると、背後に控えていた二人の大人に、「こっちじゃないって。あっち、あっち」と言った。そして、大きな鞄を両手に提げた大人たちを促して、そそくさと慌てたように歩いていく。大方、この春から寮生になる人なのだろう。後ろの二人は少女の両親というところだろうか。

——丸々としちゃって。不格好だわ。

歩み去る少女の、ジーパンの尻を眺めながら、弘恵は鼻で笑いたい気分だった。あんな不格好な娘がジーパンなど穿くものではない。大きな尻が目立つだけではないか。

そういえば、今日は三月最後の日曜日だった。この春に空いた部屋に、新しい寮生が越してくるピークなのだろう。そして、今週末からは新学期が始まる。

浴室と洗面所、洗濯室の前を通過して階段を上がる。その時、またもや見慣れない顔の娘が二人、階段を駆け下りてきた。こんどは高校生だろうか。彼女たちもやはり、弘恵を見るなりぎょっとした表情になり、その場に凍りついた。

「こんにちは」

弘恵は、ゆっくりと笑みを浮かべて挨拶をしてやった。新入生には親切に。積極的に声をかけてあげましょう。先週あたりから、娯楽室に張り出された標語だ。相手の口も、ゆっくりと「こんにちは」と動いた。弘恵は微笑んだまま、彼女たちとすれ違った。

「ちょっと、何よ、あれ」

踊り場で方向を変えた途端、下から囁くような声が上がってきた。弘恵は足を止め、その声に耳を澄ませた。

「『こんにちは』だって、私、骸骨が喋ってるのかと思っちゃった」

「何なんだろう、あの人。病気かな」

「幾つだろう」

そして、少女たちの声は遠ざかった。弘恵は、またもや鼻で笑いたい気分になりながら、再び階段を上り始めた。

――好きなように言えばいいじゃない。ブタみたいな女のくせに。

人のことを骸骨呼ばわりするなんて、第一失礼ではないか。どうせ言うのなら、スレンダーと言って欲しい。三階の自分の部屋に帰り着き、弘恵はまずドレッサーの鏡を覗き込んだ。

そこには、白くすけるような肌を持った、いかにもはかなげな雰囲気の目の大きな少女の顔があった。髪は茶色くて少し少ないが、以前のように黒々とした髪がたくさん生えているよりも軽やかに見える。鼻梁もはっきりとして、高くなったようだ。

弘恵はその顔に、化粧水をたっぷりと叩きつけた。その手の甲だけが、いかにも筋張っていて気にならないこともないのだが、それでも、ぼってりと分厚い手よりはずっと良い。第一、この腕の細さだ。どんな服でも見事に着こなし、しなやかに柔らかく動く腕は、いつかテレビで見たバレリーナのようだと思う。鳥が羽ばたくように腕をゆっくりと振って、弘恵は思わずその動きに見とれていた。

効果は、秋口から本格的に現れ始めた。食べても食べても吐き出して、その上で便秘薬を大量に飲む方法から、続いて浣腸を使うようになって、弘恵の体重は面白いほど減り始めたのだ。やがて、着ている服がどれもだぶだぶになってきた。浣腸のお陰で、体内はいつもすっきりと綺麗になった気がしたし、気がついた時には、肛門の痛みや出血も少なくなっていた。あまり食べないせいもあって、便の量そのものが減ったのだ。その時に、便さえ出なければすべては解決すると、弘恵は確信した。排便しなくなるためには食べないに限る。食べなければ自然に余分な脂肪も落ちる。しごく簡単で明快な理屈だった。

「痩せたんじゃない?」

学校でも寮でも、皆に言われるようになった。そんな時の友人の眼差しには、明らかな羨望が見て取れた。中にはダイエットの方法を聞こうとしたり、現在の体重、サイズなどを知りたがる友人もいて、弘恵は上京して以来初めて、周囲に対して優越感を抱くことが出来た。中学時代までの弘恵と同様に、自信と余裕を持って誰とでも接することができるようになった。

服を買いに行くのが楽しくなった。中学までは、買い物といえばいつも母と一緒だったのに、友だち同士で街の小さなブティックや古着屋などを覗き、安くて可愛い服を探す喜びを、弘恵は初めて知った。

——アヒルなんて言わせるものか。

弘恵はますます夢中になって減量に励むようになった。手の甲に出来たタコは、いつの間にか目立つ程に堅くなって黒ずみ、やがて「吐いてるでしょう」と言われるようになったから、手にハンカチを巻くことにもした。

秋が深まる頃、生理が止まった。体育の時間などに脳貧血を起こすようになった。弘恵は、体育の男性教師に抱きかかえられて保健室に行く度、周囲の注目が集まるのを感じ、自分がおとぎ話に出てくるお姫様になったように感じた。

「お母さんがお見えになったわよ」

ぼんやりとしていると、ふいにドアをノックする音がして、顔を出した寮母が、じっとこちらを見て言った。

「会いたく、ありません」

弘恵は、昨日と同様の返事をした。この一週間というもの、ほとんど毎日、同じやりとりをしている。そして、寮母はため息をつきながら、仕方がないわね、と言うのだ。だが、今日は違っていた。

「どうしてなの？　お母さん、あなたを心配していらっしゃるんじゃないの。春休みにも帰らないで、どういうつもり」

「帰りたくないから、帰らないだけです。ここが、私の家ですから」

「何、言ってるのよ。ねえ、お母さん、お待ちになってるのよ。会うだけでも、会いなさいな」

　嫌です、と答えるつもりだったのに、言うが早いか、寮母の手が弘恵の手首を摑んでいた。そして、恐ろしい程の怪力で弘恵を引っ張る。弘恵は思わずよろけて部屋から出てしまった。

「やだ、もう。すごい力！」

「そう感じるでしょうよ。そんな、骨と皮だけになってる人なんかね、幼稚園児だって引っ張っていけるわ」

「やめてくださいっ」

「言うことを聞きなさいっ。お母さんに、会うの！」

「嫌ってば、嫌！」

「どうしてなのっ」

　激しいやりとりを聞きつけたのか、各部屋から顔を出す寮生がいた。他の階からまで、わざわざ様子を見に来る寮生もいる。彼女たちに向かって、弘恵は救いを求めた。

「助けて、助けて!」

その中に、あの玉木むつみの姿もあった。弘恵が折れそうな腕を振り、何とか彼女に触れようとすると、彼女は顔をしかめて、すっと身体を引いた。

「触らないでよ、気持ち悪い」

細い眉がひそめられて、青いアイシャドーに飾られた目が、冷たく弘恵を見据えた。弘恵は、自分の耳を疑いたい気持ちだった。気持ち悪いですって? 私のどこが気持ち悪いっていうの。もう、アヒルなんかじゃない。あなたなんかより、ずっとスマートで、お洒落になった私に、何ていうことを言うの。

──妬(ねた)んでるんだ。

むつみの冷たい横顔を見て、弘恵はそう結論を出した。自分より四歳も若く、その上、ずっと美人でおまけにスマートな弘恵に、むつみは嫉妬しているのに違いなかった。馬鹿みたい。そう言い返しかけたとき、「弘恵ちゃん!」という、ほとんど悲鳴に近い声が廊下に響いた。一階の応接室で待ちきれなかったらしい母が、階段の下からこちらを見上げている。弘恵はふん、と小さく鼻を鳴らし、寮母の手を振りきって、その場で腕組みをした。片手の親指と中指で作った輪にすっぽりと納まる二の腕を自分自身で握りしめる。薄い皮膚と腕を通して肋骨に腕の骨の当たるのが感じられた。男の子は細くて華奢な娘が好き。このか細い身体を抱きすくめたいと思っている。

きっかけさえ摑めれば、どんな男の子にだって好かれるだろうということを、弘恵は十分に心得ていた。あんな、達郎のような田舎臭い男よりも、ずっと都会的で洗練されていて、おまけに優しくてたくましい男が、今もどこかで弘恵を捜し求めている。ただ女子高だから、会うきっかけがないだけのことだ。

「弘恵ちゃん！　あなた、あなた、あなた――」

どうしちゃったの、という母の声は、涙でむせんでほとんど聞き取ることさえ出来なかった。春休みには帰らないと言っただけで、毎日のように電話をかけてきて、挙げ句の果てには迎えに来るという、この母の神経が弘恵には分からなかった。心配だからじゃないのと、母自身も寮母も、周囲の誰もが言う。だが、そんな理由でないことくらい弘恵が一番良く知っている。母は「ふり」をしたいだけだ。弘恵の幼い頃から、自分に都合の良い時だけ連れ回して、色々な服を着せて、弘恵を玩具にしてきただけなのだ。

「とにかく、お話ししましょう、ね？　あなたの考えていることを、ちゃんと聞かせてちょうだい」

引きずられるようにして階段を下り、階下の応接室に連れ込まれると、驚いたことに、そこには父もいた。父は、見てはいけないものを見てしまったような表情になり、こちらに手を差しのべた。弘恵はそっぽを向いて、そんな父を無視した。

「こんなに、痩せちゃって――」

母がハンカチで口元を押さえながら呻くような声を出した。父が気ぜわしげに背広の胸元から煙草を取り出した。

「大体、どうしてこんなになるまで気がつかなかったんだ」

父が押し殺した声で呟く。だって、と母の声が答えた。

「痩せたんじゃないのって聞いても、ダイエットだとかシェイプアップだとか言ってたんじゃないの。そういうことを気にする年頃だから、そんなものかなあと思って――」

「気にするとか、しないとか、そういう問題じゃないことくらい、この子の、この状態を見れば分かるだろうっ！」

「大きな声、出さないでよっ！」

今度は弘恵が怒鳴り声を上げた。両親は揃って、怯えたような顔でこちらを見る。弘恵はふん、と鼻を鳴らし、スカートの中で足を組んだ。片足の腿に、もう片方の足の腿がかたん、とのるのが自分で感じられる。組んだ足の膝から下が、ぷらぷらと揺れた。

「何がそんなに心配だっていうのよ。私を東京に出したがったのは、パパたちじゃない？　だから私は言うとおりにしたんだし、勉強だってちゃんとやってるでしょう」

「それは、そうだけど——でも、そんなになるくらい辛かったっていうんなら、どうしてもっと早く、ママにでもパパにでも話してくれなかったの」

「そんなにって、どういうこと？　言ったでしょう、ダイエットだって」

「限度っていうものが、あるじゃないの。冬休みに帰ってきたときだって、ママ、言ったでしょう？　弘恵ちゃん、ちゃんと『分かった』って返事してくれたじゃないの」

母は涙を流しながら、すがりつくような表情で言った。確かに冬休みに帰ったとき、母は弘恵に病院に行こうと言った。その痩せ方は尋常ではない。一度、専門の病院で診てもらおうと。だから弘恵は、その必要はないと答え、母の目の前で、山ほどの食事をして見せた。ちゃんと食べているではないか。第一、弘恵は以前よりもずっと元気だし、活発だし、性格だって明るくなったと思う。それを、目の前で見せてやった。それだけで、母は何も言わなくなった。

「私、ちゃんと食べてるわよ」

「いくら食べたって、全部、吐き出してるんだろう」

父が、再び押し殺した声で言った。弘恵は、そんな父をぎゅっと見据えた。

「それの、どこが悪いの」

父は、それは人間として、生き物として不自然な行為なのだと言った。だが弘恵は、そんな言葉に耳を貸すつもりはなかった。第一、食べ物など、腹の中で汚らしい便になるだけではないか。そして腸を巡り、最後に鋭い痛みと出血を伴わなければ排出されないのだ。今だって弘恵は毎日、浣腸をし続けている。水のような便を出すだけでも、やはり痛む肛門を抱えている。尻の肉は落ちたけれど、それだけは変わらないのだ。どんなに食べ物を減らしても、どうしても便は出る。

——出なくなれば、いいんだわ。

父が、何か言っている。だが弘恵の耳には、それは言葉として届かなかった。弘恵はぼんやりと考えていた。何とかして尻をふさいでしまう方法はないものだろうか。

丸い尻だったころには、割れ目そのものが目障りで仕方がないと思った。だが、すっかり肉のそげ落ちた今、弘恵の尻は、丸い肉が真ん中で割れているというよりも、ただ足の付け根に広い空間があるというだけのものになっていた。誰よりも小さな弘恵の尻を見れば、皆が羨むのが分かるから、最近の弘恵はシャワーを使うことにしているのだ。第一、暑い浴室は息苦しくて、湯船に入るとすぐに脳貧血を起こす。

「聞いてるかい、弘恵」

「ねえ、弘恵ちゃん、お願い！」

ふいに、はっきりとした声が耳に届いた。弘恵は、身を乗り出してこちらを見ている両親を改めて見つめた。

「病院に、行こう。もう、今のままじゃあ駄目だ」

「――病院？」

ゆっくりと瞬きをする。顔の肉は頬といわず眼窩といわず、額にも鼻の脇にも、もうほとんど残っていない。薄い皮膚が、ただ頭蓋骨を被っているだけだ。その薄い瞼が、すうっと眼球を撫でて、再び上に上がるだけでも、弘恵にとっては一つの労働に感じられる。

「だったら、ねえ」

仕事が大好きな父と、家が嫌いな母は、揃ってゆっくり頷いた。

「何とか、してくれるかしら」

「――何を」

「私の、お尻。お尻の穴、ふさいでくれる病院なら、行ってもいいわ」

縫うのでも、貼りつけるのでも、何でも良い。肛門さえふさいでくれると約束するなら病院へ行こうと、弘恵は微笑みながら続けた。応接室の窓から、また新しい寮生が入ってくるのが見えていた。

顎（あご）

1

目の前を黒い星が飛んでいた。その星に邪魔をされて、ぼんやりと開けた歪んだ視界を、光の列が流れていく。頭上を轟々と音をたてて、電車が通っていった。

「身の程を知れって」

喉の奥に痰がからんだような声が、意外なほど近くから聞こえた。

「俺にたてつこうなんて、十年早えんだよ。てめえみてえな性格の悪いガキ、見たこともねえや」

うるせえ、と怒鳴りたかった。だが、さっき腹にくらった一発が、今も胃袋にめり込んだままのように感じられて、呼吸もままならない。畜生、何だって、いつもこうなるんだ。

「お前なんか、辞めちまえよ。どこにでも好きなところに、行っちまえ」

安っぽいありふれた台詞に続き、最後に背中を思い切り蹴られた。そして、靴音は遠ざかっていく。ひんやりとしたコンクリートの、ざらざらした感触だけが、頬に触れていた。

「君、大丈夫か」

どれくらい過ぎただろう、このまま眠っちまえたら良いのにと思って、夢か現実かも分からない状態で、しばらく倒れたままでいると、今度は耳慣れない声が降ってきた。

俺に話しかけるな。放っておいてくれ。言い返すつもりが、ほんの少しのうめき声にしかならなかった。ぼんやりしていた頭がはっきりしてくるにつれ、全身至る所がずきずきと痛み始める。頬、腹、背中、足、肘――身体中に砕けて飛び散った心臓の破片が、一斉に脈打ち始めたようだ。

「どうしたんだ、救急車、呼ぼうか?」

冗談じゃねえ。親切ぶって病院になんか運んでくれるな。どうせ職場に連絡をされて、社長にこってり叱られて、その上、少ない給料から治療費を天引きされるに決まってる。こんな目に遭うのは、何も今夜が初めてというわけではない敦(あつし)には、それが十分に分かっていた。

「今、呼ぶから。しっかりするんだ」

誰だか分からない相手は、慌てた口調で一人で喋っている。ああ、もう、面倒臭え。敦は必死でコンクリートの地面に手をつき、上体を起こした。ちょうど、携帯電話を取り出したところだった男は、ぎょっとしたように、こちらを見た。やはり、見覚えのない顔だ。スーツを着て、ネクタイを締めて、どこにでもいる善良なサラリーマンらしい。

「意識はあるのか、良かった」

ちらりと、一番上の兄貴のことを思い出した。おふくろと、敦たちのことを見捨てていったクソ兄貴。口では偉そうなことを言いながら、最後の最後には「僕は僕で生きていくから」と言い放った兄貴。きっと今頃は、このサラリーマンのように、いかにも真面目そうな格好をして、どこかの街でチマチマと暮らしているのに違いない。何しろ、ちょっとばかり頭が良いというだけで、やたらと見栄っ張りで、おふくろや敦たちを恥のように扱って、そして、「安定」とか「人並み」とか、そんな言葉ばかり口にする奴だったのだから。

「大丈夫かい。さあ、手伝おう」

差し出されたサラリーマンの手を払いのけ、敦は一人でよろけながら立ち上がった。

「誰にやられたんだい。ひどいことをする大人もいるもんだな。絡まれたのか？　お金か何か、盗(と)られたのかい」

頼むから、話しかけないでくれ、近づかないでくれ、そうでなければ、今の敦は自分が何をするか分からなくなりそうだった。

返事をする代わりに、サラリーマンの足下に血の混ざった唾(つば)を吐き捨て、まだ痛む腹を押さえながら、敦はのろのろと歩き始めた。

「何だ、人が親切に言ってやってるのに」

案の定、背後から憎まれ口が聞こえてきた。

「ガキが、こんな夜更けまでウロウロしてるから、そういう目に遭うんだ」

親切ごかしなことを言っておいて、少しでも気に入らないと、そういう口調になるのか。思わず振り返ると、三十前後に見えるサラリーマンは一瞬、怯えた顔になり、「家の人、心配してるぞ」とだけ言い残し、きびすを返して行ってしまった。

「余計なこと、するんじゃねえ！」

もしかしたら、相手が怒って戻ってくるかも知れないと思った。そうなれば、敦はさらにボコボコに殴られて、今よりも一層、惨めな状態になるに違いない。だが、それならそれで良いのだ。どうせなら、何もかも分からなくなるくらい、そして、自分自身も消えてしまうくらいに、ズダボロにされたかった。

「馬鹿野郎！」

追い打ちをかけるように、怒鳴ってみた。ちょうど、また電車が通りかかって、敦が立っている歩行者専用の狭いガード下は雑音に包まれ、電車の窓から投げかける明かりが、そそくさと立ち去る男の後ろ姿を浮かび上がらせた。片手に薄い鞄を提げたサラリーマンは、二度と振り返ることもなく行ってしまった。

「――クソッ」

どいつもこいつも、クソ野郎ばかりだ。よろける足を踏み出す度に、みぞおちと脇腹に鈍い痛みが走る。とても背筋を伸ばして歩ける状態ではなかった。それに、口の中を切ったらしくて、鉄錆のような生臭い味が一杯に広がっていた。何気なく鼻をこすった腕を見れば、乾きかけた血が線になって残った。つまり、相当にひどい顔になっているということだ。

――東京なんてよ。都会なんて。

一体、自分はこの街で何をやっているのだろう。半年近くもうろついているのに、居場所の一つも見つけられず、こんなドブ臭い場所で、ただ殴られてばかりいて。

――もう、嫌だよ、東京なんて。

だが、分かっていた。他に行くところなど、ありはしないのだ。故郷へ帰ることは出来なかった。おふくろは、新しい親父との生活を築くので手一杯だし、ただでさえ、妹と弟が世話になっている上に、自分まで舞い戻ったら、どういうことになるか、分からないはずがない。

全身に粘り着くような空気の中をよろめきながら歩く。都会の夏は、陽が沈み夜になっても、一向に涼しくならないものらしい。今、敦の汗ばんだ首筋には、土埃や砂利がへばりついたままなのに違いなかった。

——どこへ行けばいいんだ。

寮になっているボロアパートに帰れば、何だ、帰ってきたのかと、また殴られるのに決まっている。出て行けと言ったはずだぞ、それともまだ殴られたいのか——。良い年をしやがって、あんなにでかい図体で、野郎は本気で殴りやがった。敦は、ほんの三週間ばかり職場と生活を共にしただけの男の顔を思い浮かべ、悔しさに地団駄を踏みたいほどだった。

——覚えてろよ。いつか絶対、ぶっ殺してやるから。

怒りに燃えた頭の方は、殺す、殺すという言葉ばかりを繰り返す。だが、その一方では、徐々に情けない、空虚で惨めな淋しさが全身に広がり始めていた。

いやに蒸し暑いと思っていたら、ぽつり、ぽつりと雨が落ちてきた。公園で野宿でもするより仕方がないと思っていたのに、これで雨に降られたら、行く場所がなくなってしまう。敦は途方に暮れ、ただあてもなく夜の街をさまよった。本当は、家に帰りたい。東京なんか、大嫌いだった。だが、おふくろが新しい親父に嫌な顔をされて、怒鳴られたり殴られたりするところなど、見たくはない。第一、家に帰るだけの電車賃さえ、敦は持っていなかった。

雨は次第に勢いを増して、瞬く間に辺りの景色を黒く光らせ始めた。全身、濡れ鼠になりながら、敦はシャッターを下ろした商店の庇（ひさし）の下に座り込んだ。足下からびしゃびしゃと雨飛沫（しぶき）が跳ね飛んでくる。

――金。金が欲しい。

ひったくりでもしてみようかと思う。または、コンビニ強盗でもやるか。だが、腹も足も痛い、こんな状態では、たとえ金を奪えても、全速力で走って逃げることなど出来そうになかった。せいぜい力の弱そうな年寄りくらいなら襲えるかも知れないが、こんな深夜に、しかも雨の中を散歩している年寄りがいるとも思えなかった。

どうすれば良いんだろう。一体、何のために生まれてきたのだろう――。まだ十五だというのに、敦は、もうこれ以上、生きていても良いことなど一つもないような気分になり始めていた。身体の奥底から、ずるずると年老いていくような気がする。大きくなることなど、もう無理だ。強くなることも、たくましくなることも、もう出来ないに違いない。

ふと、ずい分前に、当時の職場の先輩に連れていかれた新宿の街を思い出した。どこをどう歩いたのか分からないが、深夜になるにつれて、日本人や外国人や、ありとあらゆる男たちが集まってくる一角があったのだ。

「お前なら、可愛がってもらえるんじゃねえか？　ちょっと相手するだけでよ、結構いい金、稼げると思うぜ」

先輩は面白半分に、敦をそう言ってからかった。小柄な上に童顔で、下手をすれば小学生にも間違われかねない敦は、屈辱で震えるほどだった。育ちすぎのキュウリのような顔をした、その先輩の方が男好きだったと分かってから、敦は、その職場を飛び出してしまった。あれが、いくつ目で、その後、いくつの職場をさまよったことだろう。だが、こうなったら仕方がない。新宿へ行ってみようか。そうすれば、本当に手軽に金を稼ぐことが出来るのだろうか。

重たい頭を懸命にもたげて、降り注ぐ雨を見上げるうち、何だか泣きたくなってきた。声を上げて、わんわんと泣きたい。だが敦は、もう泣き方さえ忘れていた。それなら、泣いているつもりにでもなろうかと、立ち上がって庇の下から路上に出る。大粒の雨が激しく全身を打ち、瞬く間に濡らしていく。

このまま雨に溶けて流れてしまうことは出来ないものだろうか。敦というかたまりは世の中から消え去って、雨水と一緒に、どこかの川にそそぎ込み、やがて薄汚れた水と一緒に海に着くのだ。そして、広い海を、どこまでも漂う。意識だけの存在になって、いつかは母のいる故郷の海に着けるかも知れない――。

「羨ましいな」

ふいに、雨音の向こうから声が聞こえた。敦はゆっくり目を開き、声のする方を見た。闇の中に、ぼんやりと顔だけが浮かんでいると思ったら、全身黒ずくめの服を着て、頭からもすっぽりフードを被っている男だった。敦は、まつげからも雨粒を滴らせながら、男を見つめた。

声の感じからすると大人の男だと思うが、かなり小柄だ。百五十五センチの敦と比べたって、そうは変わらないと思う。この程度の野郎だったら、金を奪えるかも知れないと、ふと思った。多少は喧嘩慣れしている敦の方に、十分勝ち目がありそうだった。これでも、すばしっこい動きには自信がある。ぼんやりしているうちに、腹の痛みもずいぶん分癒えていた。素早く考えを巡らすと、敦はゆっくりと相手に近付いていった。

「何か、言ったか」

フードを被った男は、口元に笑みを浮かべていた。だが、その瞳は洞窟のように暗く、ぞっとするほど冷たく見える。咄嗟（とっさ）に敦は、「やばい」と思った。こういう目つきの相手には、関わらない方が良いと、敦の中で危険信号が点滅している。何をしたわけでも、されたわけでもないのに、逃げようと思った。だが、男から目を逸らすこと自体が恐ろしくて、敦はやはり立ち尽くしていた。

「そうやって、雨に濡れていられるからさ」

男の声は、砂をまぶしたようにざらざらとしていた。それさえも、敦には恐怖に感じられた。さっき、自分を叩きのめした職場の先輩にだって、普段からある種の殺気が感じられたけれど、どれほど殴られても、恐怖というものは意外に感じたことはない。だが、黒ずくめの服を着た目の前の男は、指一本動かしてもいないのに、敦に異様な恐怖心を呼び起こさせた。

思わず生唾を飲み下す。敦は、そろそろと後ずさろうとした。だが男がすっと腕を動かしただけで、縮み上がって動けなくなった。

「お——あんたは、雨に濡れられ、たら、いけない、ん、ですか」

妙な言葉遣いになってしまった。男は相変わらず洞窟のような目をして、やはり口元だけで笑っている。そして、「喧嘩、かい」と呟いた。

「——え」

「その顔」

敦は、慌てて「ああ」と顔に手をやった。雨に洗い流されたお陰で、血の汚れは消えただろうし、腫れも少しは引いた気がする。

「――あ、相手が、でかいヤツで」

「知らない相手」

「職場の――新聞配達所の先輩」

ついさっき、泣き方が分からないと思ったばかりなのに、何だか胸の奥がざわめいた。こうやって、誰かと普通に言葉を交わすことさえ、ひどく久しぶりだった。

「狙うんだったら、顎(あご)を狙うんだ」

「――え?」

敦がきょとんとしている目の前で、男はふいに両手を構え、空を殴る仕草をした。しゅっしゅっと衣擦(きぬず)れの音がして、男の握り拳が闇の中で躍る。敦は、二の腕にぞくぞくする感覚が走るのを感じながら、洞窟のような目で笑っている男を見つめていた。

2

口の中に土が入り込んで、じゃりっと嫌な音がした。こめかみの上からスニーカーの足が顔を踏みつけてくる。

「往生際の悪いガキだなあ」

スニーカーの底のゴムの感触が、頰に当たる。敦は、ありったけの呪いの言葉を頭の中で呟きながら、虫けらのように地面に這いつくばっていた。

「ここにいたかったら、誰の言うことを聞けばいいか、ちゃあんと教えてやっただろうがよ。お前って本当、頭、悪りいなあ」

今に見ていろ、絶対に殺してやるから——この現実を忘れるかのように、敦は何度となく同じ言葉を繰り返した。

それにしても何だって、敦ばかりがこんな目に遭わなければならないのだろうか。何回、職場を替わっても、どうしていつも、こういうことになるのだろう。

「うちを辞めたら、もう行くところなんか、ねえんだろう？　店長がそう言ってるの、俺、聞いてんだからな。だったら、もう少し先輩を大切にしてよ、素直に働けよ」

素直、というのがどういうことか、どうすれば良いのか、敦には分からなかった。これまでにも何度となく似たような言葉を投げつけられてきたけれど、それらのどれ一つとして、ぴんときたものはない。謙虚になれ、可愛げがない、陰険だ、こすい、意地が汚い、ひねくれている——余計なお世話だ。これが敦なのだから、仕方がないではないか。どうせ誰からも好かれない、相手にもされない、それが敦なのだ。だが、言われたことはきちんとやっている。これ以上に何をさせようというのか、どうせ馬鹿の敦には、まるで分からなかった。

「ちょっとばっかり顔がいいと思って、いい気になってんだろう。だけどよ、お前みたいにガキの頃から女に色目を使うようなヤツ、将来、ろくなことにはならないからな。この顔が悪いんだな、うん？」

女に色目など、使ったつもりはない。第一、今、敦の顔を踏みつけている男が「女」と言っているのは、敦から見ればとんでもないババアの、厚化粧で化け物のような奴だ。やたらと親切の押し売りをして、うるさいくらいに何かと話しかけてくる女だった。どうやら、この男が、その化け物に気があるらしいことさえ、今夜、呼び出されて初めて知ったくらいだ。その事実を知っただけでも、敦は自分の顔を踏みつけている男の神経を疑いたくなった。化け物趣味の野郎の言うことなんて、そうそう聞いていられるか。

それにしても、ああ、また職探しの日々が始まるのだろうか。飲まず食わずで街をうろつき、サツに見つからないように、こそこそと過ごさなければならないのだろうか。それにも、もうそろそろ疲れてきていた。

たった八カ月あまりだが、敦は、中卒の自分が、いかに仕事を見つけにくい世の中を生きなければならないかということを、身にしみて感じるようになっていた。世の中は不景気なのだそうで、以前ならば敦たちのような少年ばかりが働いていた職場に、二十代、三十代のオッサンが入り込んでくることも珍しくない。もう少し身体が大きければ、土木作業員にでも、塗装工にでもなりたいと思うのだが、いくら「学歴年齢不問」と書かれている職場を訪ねても、この体格では無理だと言われてしまう。職場が変わる度に、親元に連絡をされるのも嫌だったし、電話口でおふくろの「大丈夫なんだろうね」という言葉を聞くのも、好い加減うんざりだった。

どうすれば良いというのか、土を嚙みながら、敦はぼんやりと考えていた。いっそ、この野郎を刺すか殺すかすれば、何も考えずに行くところが決まって、こんなに楽なことはないと思う。どうせ、その程度で死刑になるわけではない。数年間でも、住む場所と食う物が確保されるのなら、塀のこっちだって向こうだって、構いやしない。監獄とか少年院とかいわれる場所が、どんなところなのかは知らないが、今の敦の生活に比べれば、まだ清潔で広々としていそうな場所で、ある程度、安心して暮らせる、そんな気さえする。

「お前みたいなクソガキが、ただ東京に憧れて出てくるから、余計に俺らが暮らしにくくなるんだよ」

スニーカーに重みが加わった。頭蓋骨がめりめりと音をたてそうな気がする。敦は、声を出すことも出来ず、ただ口の中の土を味わっていた。

「まったく、かわいげのない野郎だよなあ」

文字通り、頭が割れそうだった。割れるのなら、割れてしまえば良いのだ。そうなったら、こいつは殺人犯になる。人殺しになって、一生、刑務所で暮らせば良いのだ。いずれにせよ、敦か奴か、どちらかが塀の向こうで暮らすことになる。

「おい」

遠くで声が聞こえた気がした。その途端、敦を踏みつけていた足からすっと力が抜けた。今がチャンスかも知れない。足を払いのけて、素早く身体を反転させて逃げるべきだと思った次の瞬間、どすっという音がして、埃っぽい空気が顔にかかった。驚いて目を開けると、寝転がっている敦のすぐ目の前に、たった今まで敦を踏みつけにしていた男が倒れ込んでいた。それだけでない、喉の奥の方からひい、ひい、というような声を上げ、顔のあたりを手で庇（かば）いながら転げ回り始めている。敦は、何が何だか分からないまま、ゆっくりと身体を起こした。見上げると、闇の中にぽっかりと浮かんでいる顔がある。その洞窟のような目元に、見覚えがあった。

「やられっぱなしじゃ、駄目じゃないか」

いつだったか、雨の降る晩に遭った男だった。今夜もあの時と同様に黒い服を着て、フードを被っている。敦は慌てて立ち上がった。足下から、ひい、ひい、と悲鳴が聞こえてくる。見下ろすと、自分の口元を押さえている先輩の手の隙間からは、べっとりと血が出ていた。あんなにべらべらとよく喋っていた男が、今や、蹴り上げられた犬のような声しか出なくなっているのを、敦はぼんやりと眺めた。ほんの一瞬のことだったと思うのに、一体、何が起こったのか、まるで分からない。

「助けてもらったんだから、ありがとうくらい、言えよ」

「あ――ありがとうございました」

慌ててぺこりと頭を下げる。いつもの敦なら、誰が頼んだんだよ、とでも言うところなのだが、敦の本能が、この男にだけは逆らうなと告げている。洞窟のような目をした男は、相変わらず口元だけで笑うと、「よし」と頷いた。

「救急車でも呼んでやれ。死にやしないけど、当分は病院行きだ」

「本当、ですか」

目を丸くしている敦に、男はある方向を指さしてみせた。振り返ると、電話ボックスの明かりが見えている。

「あそこから、一一九番してやれ。面倒なことになりたくなかったら、そのまま、お前は自分の部屋に戻ればいいんだ」

なるほど、と考えながら、敦は電話ボックスに向かって歩きかけ、ふと考えて足を止めた。

「でも、こいつが、言うかも知れないし。あの、あんたのこととかも」

黒い服の男は、にんまりと笑うと、屈みこんで倒れている先輩に顔を近づけた。

「弱い者いじめをした罰だ。そんなことしたら、どうなるか、もう身体が覚えたな？」

身体を丸め、口から大量の血を流しながら、それでも敦の先輩は、無様な姿で必死で頷いている。それを確かめると、男は立ち上がって、「早く電話してやれ」とだけ言い残し、すたすたと走り去ってしまった。敦は半ば呆然と、闇に溶けていく男の後ろ姿を見送った。

——すげえ。

ボクシングをやっているらしいことだけは何となく分かる。だが、男がどういうパンチを繰り出し、どんなスピードで先輩をダウンさせたのかは見ていなかった。それが、ひどく悔やまれた。

3

先輩は、顎の骨を骨折したとかで、全治三カ月の重傷だという話だった。だが犯人については何も覚えていない、ただ、夜の街を歩いていたら、いきなり誰かに殴られたと言ったそうだ。コックとはいえ、ただのアルバイト店員だったことから、店長はあっさり先輩には辞めてもらったと店員たちの前で言った。敦は生まれて初めて、自分の方が「居残った」感覚を得ることが出来た。

「この景気だし、そう簡単に人を増やすことも出来ないから、少しの間は残った人数で頑張ってもらうしかない。敦もな、あてにしてるぞ。いつか厨房に入れるようにな」

店長に言われて、敦は自分でも意外なほど嬉しくなった。まだ、ここにいて良いということだ。あてもなく街をさまよう必要がないということが、こんなにも人を安心させるとは思ってもみなかった。

さしあたって敦を敵視する人間は、いなくなったとはいえ、毎日は決して愉快なものでもなかった。特に夕方など、敦と似通った年代の少年少女が、それぞれの高校の制服に身を包んで、呑気に徘徊している様子を眺めたりすると、無性に腹立たしくもなる。

とにかく波風を立てず、少しでもこの職場に長く居続けることが大切だということは、頭では分かっていた。それでも、三日経ち、一週間も過ぎてくると、モヤモヤとしたガスのようなものが全身にたまってきて、何となく苛々してくる。先輩や上司、パートのおばちゃんなどの何気ないひと言に、いちいち突っかかりたくなる自分がいた。そうだった。どの職場にいても、別段、飛び出さずに済ますことが出来なかったわけではないのだ。ただ敦の方が、少しでも仕事に慣れてくると、すぐに今と同じような苛立ちを抱え始め、必要もないのに誰かに突っかかったり、反抗的な態度を示すようになった。そして何度、身の程を知らないと言われても、誰かに痛めつけられるように自分から仕向けるのだ。何故だか分からない。ただ、暴れたくて仕方がなかった。結局は負けると分かっていながら、このモヤモヤを誰かに向けて爆発させたくて仕方がなかった。

珍しく丸一カ月間きちんと勤め上げ、やっと給料をもらった日だった。敦は夜の街に出た。とはいっても、何がしたいわけでもない。ただぶらぶらと歩き回るうち、気持ちはさらにささくれ立ってくる。すれ違う人たちが皆、幸福そうに見えて仕方がない。親元で暮らして、生活の苦労もないくせに、夜更けまでちゃらちゃらと遊び回っている制服姿の女子高生が、別世界の人間に思えた。

自動販売機で煙草を買い、こうなったら、ついでに酒も飲もうかと考えながら、行き過ぎる人たちを誰彼となく睨みつけて歩く。少しでも視線が合えば、それを理由に因縁をつけたい、そんな気分だった。だが幸か不幸か、世の中の人たちは敦の存在自体、まるで目にも止まっていない様子で、こちらには目もくれずに通り過ぎるばかりだ。

——何だよ、畜生。皆で俺を馬鹿にしやがって。

こうなったら自分から誰かにぶつかって行こうか。酔っ払いが良いかも知れない。あまり強くなさそうな、ふらふらした足取りの奴が来たら、思い切り殴ってやろう。敦の中の苛立ちは、今やはっきりと憎悪の形をとって、爆発寸前にまで膨らんでいた。

あまり人通りの多くない道に入り、駅の方から歩いてくる人間の足取りばかりを観察しながら、敦はゆっくりと歩き始めた。一人目の男が歩いてくる。忙しそうに、せかせかとした足取りの四十代くらい。

——バツ。

二人目は女だ。やはり、バツ。三人目、老人。バツ。バツ。バツ。バツ。

いよいよ苛立ちが大きくなる。もう、こうなったら、どんな相手でも一発殴らないことには、収まりがつきそうにもない。敦は、同じ道を何度も往復しながら、ひたすら標的になりそうな人間を探して歩き続けた。いつの間にか夜風は冷たさを感じるようになっていて、建て込んだ家々の隙間から、気の弱そうなコオロギの声が聞こえていた。

ふと、自分は何をやっているのだろうと思う。こんな夜更けまで、見も知らぬ人間を探し求めて、それも、ただ一発殴りたいというそれだけのためにさまよっているなんて。

やはり、自分は馬鹿なのだ。敦たちを捨てていった兄貴が、よく嘆いていた。お前は本当に馬鹿だな、と。今のままだと、そのうちきっと痛い目に遭うぞと。当時、まだ小学生だった敦に向かって、兄貴はこうも言ったものだ。馬鹿は死ななきゃ治らないっていうんだぞ、なあ敦——。

畜生、余計なことまで思い出した。こうなったら、相手が人間でなくても構わない。どこかの家のガラス窓に石をぶつけるとか、積み上げてあるゴミに火をつけるとか、すっきり出来ることなら、何でもやってやろうという気にさえなって、敦は新たな標的を見つけに歩き始めた。その時だった、ふらふらした足取りの人影が見えてきた。敦の心臓が、とんと跳ねた。ジーパンのポケットに突っ込んでいた手が、思わず握り拳になる。

気分でも悪いのか、単に泥酔しているのか、その人影は、ひどく遅い足取りで、道路を斜めに歩いてくる。首がぐらぐらと揺れて、立って歩けている方が不思議なくらい、全身から力が抜けているのが、遠目でも見て取れた。

敦は酔っ払いを見慣れている。おふくろが再婚する前、小さな居酒屋で働いていたからだ。あの頃、敦は腹をすかせた小さな妹や弟の手を引いて、夜更けの道を、その居酒屋を訪ねていった。おふくろは「女将(おかみ)さんに見つかるから、早く食べちゃいな」と言いながら、店の裏口から、急いで作った握り飯などを渡してくれた。ぐずる妹を負ぶったまま、店が終わるのを待っていたこともある。明日までに学校に持っていく物を伝えたくて、叱られると分かっていながら訪ねていったこともあった。そして、その都度、敦は酔っ払った男たちを見た。下卑た大声で笑い、敦のおふくろの尻を触ったり、野卑な冗談を言う連中だ。

——マル。合格だ。

あんな相手にならら負けるはずがない。それに向こうだって、明日になれば殴られたことも覚えていないだろう。敦は、徐々に緊張が高まるのを感じながら、相手との距離を詰めていった。

街灯の明かりが、酔っ払いを照らし出す。スーツ姿だが、ネクタイはしていない。髪はぼさぼさ、だが、意外に若いようだ。電柱に寄りかかった。気分でも悪いのだろうか、背を丸め、うなだれている。

ゲロでも吐いていると、殴りにくいなと思った。敦は自分の気配を悟られないように、注意深く男に近づいていった。すると、大きく鼻をすする音が聞こえた。うすぼんやりとした光の下でも、男の顔から、何かの滴が落ちたのが見える。

男は泣いていた。

こらえ切れないように嗚咽を洩らし、男は涙とも鼻水ともつかないものをこぼしながら、拳で電柱を叩き、泣いているのだった。敦は、半ば呆気に取られながら、その惨めな後ろ姿を見ていた。

「こんな奴、殴るなよ」

突然、背後から声をかけられた。ぎょっとなって振り返ると、あの男がいた。今日も黒い服を着て、頭からすっぽりとフードを被っている男が、洞窟のような目でこちらを見ている。

「さっきから、狙ってたろう」

「あ――いや」

「卑怯な真似は、するな。自分より強い相手に向かっていくんだ」

男は、敦の肩をぽんぽんと叩くと、再び走り出した。時折、闇に向かってパンチを繰り出しながら、軽快な足取りで、衣擦れの音だけを残して走り去る男を、少しの間、ぼんやりと見つめ、それから敦は慌てて男を追い始めた。

「待ってください！　ねえ、待ってくれって！」

だが、男の足取りは驚くほど速く、少し先の角を曲がったところで、完全に見失ってしまった。敦は息を切らしながら、人気のない夜の道に残された。さっきまで、破裂寸前にまで膨らんでいた苛立ちは、いつの間にかぺしゃりとつぶれて、代わりに奇妙な敗北感のようなものだけが、敦の胸に広がっていた。

――自分より強い相手。

少し前までの敦は、確かにそういう相手を狙っていたと思う。身体も大きく、喧嘩慣れしているような相手にばかり挑みかかり、そして、痛い目に遭っていた。それが、いつの間に、自分よりも弱そうな相手を探すようになってしまったのかと思うと、我ながら惨めになる。

自分より強い相手に挑み、そして、勝てるようになりたい――。

コンビニエンスストアでボクシングの雑誌を見つけたのは、翌日のことだ。敦は、中身も確かめずに雑誌を買い求めた。それを繰り返して懸命に読み、夜になると近所をぶらぶらと歩く。とにかくもう一度、あの黒い服の男に会いたかった。会って、弟子にしてもらうか、または、あの男と同じジムでボクシングを習いたい。それは、東京に来て以来、敦が初めて抱いた希望だった。

「ジムに通いたい？」

二度目の給料日が過ぎて、また新しい雑誌を買い求めた頃、敦は思い切って店長に申し出た。敦は、耳まで赤くなりながら、「はい」と頷いた。どうして、こんなに恥ずかしいのかが、よく分からない。だが、自分の弱さを認めているようで、それがひどく居心地を悪くしていた。また軽蔑され、冷笑を浴びせられ、からかわれるかも知れない。このひと月あまり、そのことばかり考えて、結局、この仕事と引き換えにしてでも強くなりたいと結論を出したのだ。いくら探しても、あの黒い服の男には会えないままだ。だが、ただ漫然と待っているだけでは、ちっとも強くはなれない。だったら、一人で動くより他になかった。

「仕事に支障を来すんじゃなけりゃあ、君の自由だ。好きなことをすれば、いいじゃないか」

　店長の答えは意外なほどにあっさりしていた。敦は、肩透かしを食らったような気分になった。

「ここは学校じゃないんだから、ちゃんと働いて、もらった給料を何に使おうと、それは君の自由だろう？」

　突き放したような言葉なのに、敦は、また胸が熱くなるほど嬉しくなった。考えてみたら、二カ月間もまともに働いて、続けて給料を受け取ること自体、初めてに近かった。これまでの職場では大概、月の半ばで、逃げるように給料を精算してもらい、誰からも良い顔をされずに逃げるようにして出てきたのだ。時には数日間、ただ働きをしただけということも、珍しくはなかった。

「まあ、僕だったら、せっかくだから夜間高校でも行ったらと思うけど、君がボクシングを習いたいっていうのに反対する理由はないからね。自分で自分を管理出来れば、文句はないよ」

いつも忙しい店長は、それだけ言うと「じゃあ」と敦の肩を叩いて行ってしまった。敦は、ほうっとため息をつき、今度は違う意味で胸の高鳴りを覚えていた。頭の中では早くもリングに上がり、真っ赤なグラブをつけてパンチを繰り出す自分の姿が目に浮かんでいた。

敦が通うことにしたのは、雑誌の巻末に広告を出している、数え切れない程のボクシングジムの一つだった。いずれの広告も、「練習生募集」「初心者歓迎」「就職斡旋」「合宿所完備」と、ありとあらゆる誘い文句を並べていたし、敦にはよく分からないが、その世界では有名な人が経営しているらしいジムも少なくない。東京都内だけでも、すごい数だ。世の中には、こんなにボクシングを習っている人間が多いのか、強くなりたい男が多いのかと思うと、自分もうかうかしていられないという気になる。

もしかしたら、あの黒い服の男も、こんな雑誌を見てボクシングを始めたのかも知れない。最初は今の敦と同じくらい、殴られっ放しの弱い男だったかも知れないと、あれこれと想像を膨らませながら選んだのは、隣町にあるジムだった。それが立派なのかボロなのか、ボクシングジムとして超一流なのか、三流なのかなど、まったく分からなかった。ただ、広告で見た中では一番、場所が近かったというだけの理由だった。

「経験は、あるんか」

　初めて見学に行った日、ジムの会長という人が出てきて、敦にまず聞いた。敦は、やはり赤面しながら「ありません」と答えた。初心者歓迎と書いてあった。だから、断られることはないと思う。それでも、「じゃあ、駄目だ」と言われたらどうしようと、気が気ではなかった。

「ふうん。まるっきりの初心者かい」

　五十がらみの太った会長は、ボクサー上がりというよりは、プロレスでもやっていた人のように見えた。太い嗄（しわが）れた声で言われて、敦は素直に頷いた。

「喧嘩は」

「――弱いです」

「殴られたことは」

「――数え切れないです」

　ここまで来て、見栄を張ることも出来なかったから、敦にしては精一杯に素直に答えたつもりだった。すると会長は、こちらの鼓膜が震えるほどの声で「弱いか」と笑った。

「じゃあ、強くなりてえな」

「――なりたい、です」

何故だか涙が出そうだった。そうだ。俺は強くなりたい。本気で、誰よりも、強くなりたい。

「ところで、いくつだ。年」

「先週、十六になりました」

たった一人で迎えた誕生日だった。せめて、おふくろから電話でもかかってくるかと思ったのに、それもなかった。世の中の誰一人として、祝うどころか覚えてもいない、それが、敦の誕生日だった。

「取りあえず見学していくか。それから決めればいいから」

会長の言葉に、敦は小さく頷いた。

初めて見たボクシングジムという場所は、何とも不思議な世界だった。ざっと見渡しただけでも、十数人の男たちがいるのに、誰の声も聞こえて来ない。男たちはそれぞれが、縄跳びをしたり準備運動をしたり、または天井からぶら下がっているサンドバッグを殴ったりしていて、それらの音だけが無機的に響いている。

なじみのない匂いがたちこめる空間の半分くらいはリングが占めていて、そこに上がり込んで、一人でシャドウボクシングをしている男もいた。その一方では、ミットのようなものを手にはめた相手に向かって、パンチを繰り出している男もいる。誰も彼もが、他人のことなどまるで見えていないように、黙々と身体を動かしている。そして、三分が経過したことを示すベルの音が響くと、一斉に動きをやめ、次の場所に移ったり、水を口に含む。一分後にまたベルが鳴ると、彼らは再び一斉に動き始めた。

三分後、ベルが鳴る。人が動く。一分後、またベルが鳴る。三分後、疲れを知らぬように、また男たちは動き出す。それを飽きずに眺めているうち、四、五十代に見える男がやって来た。次いで、二十歳くらいの女も来る。彼らも、着替えを済ますと、三分、一分のベルの音に合わせて、黙々と身体を動かし始めた。

「『美容と健康』ってことで女の子向けのコースもあってな、ストレス解消のサラリーマン向けのコースもある。全部で五コースあるからさ。どれがいい」

いつの間にか時間が過ぎていた。会長から、ブルーの紙に印刷された案内書を差し出されて、敦は五つのコースを順に眺めた。そして、迷うことなく「プロ養成コースで」と言っていた。だるまのような印象の会長が、「ほう」と顎を引いた。

「冗談で言ってんじゃないんだろうな。ここには色んな規則があるが、プロんなるっていったら、規則もトレーニング・メニューも何もかも、人より厳しくなるんだぞ。ここにだって、毎日通うのが決まりだ」

「――プロに、なります」

「なります、か。ふうん。へえ」

会長は、わずかに背筋を伸ばして、改めてこちらを眺めている。ボクシングは、その体重によってクラスが分かれている。いくら敦が小さくてひ弱に見えても、入れるクラスがきっとあるはずだった。だるまのような印象の会長に、意外に細い目でじっと見据えられている間も、敦はもう赤面などしなかった。自分も早く、リングに上がりたいのだ。そして、思い切り何かを殴りたかった。

「じゃあ、その髪の毛、黒に戻して短く切れるか」

「髪の毛、ですか」

「これからプロになろうって奴には、まずその気構えをな、見せてもらわにゃならん」

敦の髪は、肩まで届きそうなほどに伸びている。これまで、どの職場でも切れと言われたが、絶対に言うことを聞かなかった。それを自分で染めているから、余計に女みたいだとからかわれてきた。

「──明日までに、戻してきます」

必要以上に胸をそらして、敦は答えた。会長は初めてにやりと笑いながら、敦の頭に手を置いた。

「じゃあ、明日な」

その、大きな手のひらの重みと体温が、髪の上から伝わってきた。急に幼い頃に戻ったような気がして、敦は「はい」と答え、だるま会長に頭を揺すられていた。

4

翌日から、敦の生活は一変した。

まず、習い覚えて吸っていた煙草をやめた。たまに飲んでいたビールも、きっぱりと飲まなくなった。それだけでも、少ない給料に少しだけ余裕が出来る。その分はすべて、ボクシングに回すことになった。トレーニング・ウェアやタオル、Tシャツなどは、安売りの店で買えば良いが、シューズやグラブは意外に高い。自然に、ゲームセンターなどで遊ぶ余裕はなくなった。敦にとって、生活のすべてがボクシングを中心に回るようになった。

最初の二、三週間は、ひたすら基礎を教え込まれるばかりだった。ストレッチングに時間をかけ、あとはロープ・スキッピングといわれる縄跳びと、筋力トレーニングが大半になる。

「基礎が出来てない奴に、他のトレーニングなんか出来るはずがない。余計なことを身につけることはないから、言われたことを完璧にこなせるようになれ」

　会長は、同じ言葉を練習生の全員に言っていた。だから敦も、とにかくストレッチングの順番を覚え、スムーズにロープ・スキッピングが出来るようになることを心がけ、全身の筋力、特に首の筋肉をつけるトレーニングに明け暮れた。ボクシングらしいことと言ったら、基本の構えと、フットワーク、そして、左ストレートだけだ。それでも何故か、つまらないとは思わなかった。三分間、動く。一分、休む。また動く。それだけをひたすら続けることが、この上もなく楽しい。

　ジムには年齢も職業もまちまちの男たちが通ってきたし、互いに必ず挨拶をするように指示されていたが、それ以上に無駄口を叩く人間は、ほとんどいなかった。誰もが、自分の姿だけを見つめている。自分の目標に向かってだけ、黙々と邁進している。その中に身を置いているというだけで、敦は孤独を忘れ、これまで誰彼となく向けていた憎しみや怒りや、苛立ちを忘れることが出来た。ひたすら汗を流し、身体をいじめればいじめるほど、頭の中は静まり返っていく。その静けさが、心地良かった。

　早番の日は、夕方には店を出られるから、そのままジムに直行し、遅番の日は、午前中の早い時間にジムに行く。最初の頃は、全身が筋肉痛になったし、身体が疲れて、仕事中に眠くなったりもしたが、何よりもボクシングを続けるためには、一定の収入を確保しなければならない。だから、敦はひたすら黙々と仕事に励むようになった。時間が出来たらランニングに出る。部屋にいても、腕立て伏せをしたり腹筋を鍛えたりした。もう他のことは何も考えられなかった。

やがて、右ストレートを教わった。フットワークも入れて、ワンツー・スリーの練習が始まる。気がつくと、何もしていなかった頃よりも、わずかに筋力が付き始めていることが自分でも感じられるようになっていた。

「お正月休み、もらえるんだろう？　いつ、帰ってくる？」

暮れも押し詰まった頃、珍しくおふくろから電話がかかってきた。敦は、帰らないことを伝えた。

「そんな。あんた、お盆にだって帰らなかったじゃないか」

「忙しいんだ」

「そうなの――仕事、続いてるんだね？」

「続いてるから、ここにいるんじゃねえか」

敦は、店の電話から押し殺した声で言った。それならいいけど、風邪なんか引かないようにねと、母は、淋しそうな声で言った。

「心配、してるんだから」

「いいよ、しなくて」

久しぶりに母の声を聞いて嬉しいはずなのに、急に現実に引き戻されたような気がして、敦は珍しく苛立ちを覚えた。帰れるような家かよ。あんた、俺が寝る場所を、どうするつもりなんだよと、言葉が喉元まで出かかってくる。とにかく今の敦は、もう余計なことは何一つとして考えたくなかった。

東京での初めての正月は、コンビニの弁当でも食べて過ごそうと覚悟を決めていたのに、意外なことにジムの会長が自宅に呼んでくれた。

「ボクサーは栄養管理にも厳しくならなきゃならん。おまけにお前は成長期だ。こういう時にはちゃんと食って、栄養をつけろ」

会長の言葉は有り難かった。敦は、東京に来て初めて、素直に礼の言える相手に出逢えた気分だった。この人の言うことなら信じられる。この人の言う通りに練習すれば、きっと一人前のプロになれる。そんな気がして、嬉しかった。

やがてシャドウボクシングを覚え、ミット打ちもできるようになった。週に一度ほどはスパーリングもやらせてもらって、次第に防御の練習も始まり、敦はまさしくボクシングにのめり込んでいった。実際、次第に筋力がついてフットワークも軽くなり、サークリングなども出来るようになってくると、そう易々とは殴られないという気になってくる。自分の力を、外で試したい気持ちにもなった。恐らく以前、敦を殴り倒した連中に対しても、もう以前のようにやられっ放しになることなど、絶対にないはずだと思う。いや、むしろ、こちらから素早くパンチを繰り出してやれるだろう。

「いいか。絶対に外で厄介なことに巻き込まれるんじゃないぞ。お前は、これからプロになろうっていう奴なんだ。その拳は、ただの拳骨じゃない、素人から見たら、凶器になるんだからな」

そんな敦の腹を見透かしたように、会長がそう念を押す。会長に対してだけは絶対服従の姿勢を保つことに決めていたから、敦は内心で残念に思いながらも、素直に頷いた。ボクシングは、あくまでもスポーツだ。もう喧嘩はしない。その代わり、リングに上がった時だけは、生まれてからずっと育て続けてきた、怒り、恨み、憎しみのすべてを、この拳に集中させてやる。敦は、それだけを望むようになった。

新しい季節が巡る度に、敦は少しずつ上達し、そして、身長もわずかずつだが伸びていった。自分でも意外な発見だったが、当初はプロになっても一番体重の少ないミニマム級か、せいぜいライト・フライ級だろうと思っていたのに、プロテストを意識する頃には、敦の体重は五十五、六キロになっていた。日頃から節制して、無駄な脂肪などついていない身体は、もしも減量をしたとしても、五十キロ程度まで絞るのがやっとだと思う。つまり、フライ級が敦に適したクラスということになる。

もう以前のように、職場の誰かと諍いを起こすことも、また、無用なちょっかいを出されることもなくなった。職場では誰もが敦のことを知っており、陰では「ボクシングおたく」と呼ばれながらも、面と向かって嫌味を言う人間もいなかった。毎日、限界まで身体を動かすから、苛立つこともほとんどない。むしろ、心はかつてないほど平静を保てるようになっていた。自分よりも弱い相手を探して、夜更けの街をさまよい歩いた頃があったこと自体が、もう遠い過去だった。

いつか後楽園ホールのリングに上がる。専用のガウンを羽織って、歓声に迎えられて、ライトに照らされた目映いリングに向かって歩く——それだけが、敦の夢だった。

年末年始以外は一日も休むことなくジムに通い続け、少しでも時間が出来れば、ひたすらランニングに明け暮れて、翌年、十七になるのを待って、敦は念願のプロテストを受け、すんなりと合格した。

「まあ、これに受からなきゃ、やめた方がいいってもんだ」

会長は、そう言ってすずしい顔をしていた。

「要は、これからどれだけの試合をこなしていかれるかなんだぞ」

確かに、プロテストに合格したからといって、すぐにプロボクサーとして認められるわけではないということは、ジムの先輩ボクサーの話を聞いたり、雑誌を読んだりしているうちに、敦も学んでいた。勝ち負けはともかく、試合をすること。後はリングで経験を積むことだ。

「試合、組んでもらえますか」

「そう焦るな。デビュー戦を飾るには、それ相応の相手を選ぶ必要があるんだから」

あまり気のなさそうな返答に、敦は焦った。いつ、誰と試合を組むかは、会長が采配することになっている。敦自身が、いくらその気になっていても、会長が動いてくれなければ、どうすることも出来なかった。

「それより、いつ誰と対戦するんでも大丈夫なようにしておけ。金の稼げるボクサーになりたいんだったら、一にも二にもトレーニングだ。面倒なことは俺がやってやるから、お前は力をつけろ」

会長から言われて、敦は以前にも増してトレーニングに明け暮れるようになった。プロになったからといって、店とジムだけを往復する日々に、特別に変化があるわけではない。ただ、ジムの入り口に「当ジムのプロボクサー」というコーナーがあって、そこに顔写真を貼ってもらっただけだった。

5

敦はデビュー戦を二ラウンドKOで飾った。緊張のあまり頭の中が真っ白になって、何が何だか分からなかったのだが、咄嗟に繰り出した左フックが、相手の顎に捻れるような形で入ったのだ。逆三角形の輪郭をした、比較的面長の対戦相手は、そのまま脳しんとうを起こしてダウンした。気がついたときには、敦はレフェリーに片腕を高々と引き上げられ、拍手に包まれていた。

「ああいう、尖った顎の奴はボクサーには不向きなんだよ。振り子の原理と同じでな、尖った顎の先をやられりゃあ、それだけ頭がぐらぐら揺れるってえ寸法だ」

会長は、初めて嬉しそうに笑いながら、説明してくれた。

もともと、ボクサーが受けるダメージは、首から上とボディとで違っている。痛みが引かず、いつまでもダメージが残るのはボディの方だが、首から上にパンチを食らうと、脳幹に捻れを生じたり、揺れた頭蓋骨の中で脳味噌が逆方向に回転したり、または震えたりして、一瞬のうちに脳しんとうを引き起こすのだ。だから、ボディに受けたパンチは多少我慢出来ても、顔面に食らったものに関しては、我慢や辛抱のしようがないということだった。それに、ボディならば筋肉トレーニングによって、多少の鍛えようがあるが、顔面や頭部に関しては、せいぜい首の筋肉をつけるくらいだ。勿論、衝撃は和らげられても、水に浮かんだ豆腐のような脳味噌を、すぐ傍から刺激されれば、防御にも限界がある。

「何事も経験ではあるんだが、ああいうパンチは出来るだけ食わないことだ。ボクサーとしてだけでなく、命取りになりかねないんだから。だから、ディフェンスを上達させろって言ってんだぞ」

なるほど、そういうことだったのか。素人に殴られるのとはわけが違う、いくら身体を鍛えているとはいえ、プロのパンチなどまともに受けたいはずがない。強くなるためには防御を怠ることは厳禁、試合の度に、一つ一つを学んで、敦はまた練習に励んだ。

試合の前には、減量の苦痛も経験した。食欲そのものは、一週間もすれば抑えられるようになる。自分の身体の中が澄みわたって、無駄なものなど何一つとしてないような気持ちになるのだが、夜中に食べ物を口にする夢を見て、思わず「しまった」と思い、素直に反応した肉体の方が、反射的に嘔吐することもあった。

それにも増して辛いのが、水分の制限だ。何も食べず、ひたすらトレーニングに明け暮れても、なおかつウェイトがダウンしないとき、ついに水も飲めない状態になる。舌も乾き、汗も出ないくらいになると、たとえば風呂に入っただけで、皮膚が水分を吸収してしまうことがあった。これでは雨に当たることも出来ない。敦は、朝晩のランニングの際には欠かさず減量衣を着込むようになった。効率的に汗を出すためと、突然の雨にも濡れないようにするためだ。

初めて減量を経験したときに、敦は、飲食店に勤めていることが、どれほどの苦痛になるかを思い知った。誘惑に勝つ精神力を養うのだなどと強がりを言えたのは、二度目の減量までで、結局、栄養たっぷりの食べ物や飲み物が溢れている職場にいるのは、耐え難かった。

「ずい分長く、頑張ったよ。早く世界チャンピオンになってくれよな。きっと応援に行くから」

ジムに通いたいと申し出たときから、勤務シフトのことなどでも、何かと便宜を図ってくれてきた店長は、笑顔で敦の意思を汲んでくれた。他のスタッフに見送られ、「頑張ります」と挨拶をして、敦は職場を去ることになった。こんな風に辞められたのも、また初めてのことだ。いつも雇い主に嫌味を言われ、親しくなった仲間に挨拶も出来ないまま、逃げるように次の職場に移った敦にとって、それは久しぶりに、実生活で胸の熱くなる出来事だった。

新しい職場は、会長が世話してくれた印刷所だった。会長とは長年の知り合いで、ボクシングに理解を示してくれている小さな印刷所の社長は、既にプロテストに受かっている敦を歓迎してくれた。

「うちは、給料は安いが、居心地はいいはずなんだ。まあ、金の方はさ、本業で稼げるようになってくれや」

それが、初めて挨拶に行ったときの社長の言葉だった。もう、新入りだからといって、先輩の誰彼に神経を尖らせることもない。十人に満たない従業員の大半は、四十代か五十代だったし、最初からボクサーだと分かっている敦に、余計なことを言ってくる人間はいなかった。

印刷所には、紙とインクの匂いしか立ちこめていない。仕事は単調だったし、以前の職場に比べると、力仕事も多くなったが、空腹を抱えて耐えなければならないとき、何とも味気ないその匂いに包まれて静かに過ごせるのは、確かに有り難かった。敦は、以前にも増してトレーニングに励むようになった。

試合が決まる。トレーニングのスケジュールを立てる。たった一日のために備えて日々を過ごす。減量に耐える。試合がある。勝ったときはほっと安心して思い切り好きなものを食べるが、負けた時には、ダメージによっては食欲も出ないままで、惨めな気分を味わう。あとは、印刷所とジムを往復し、ひたすら走るだけの日々が続いた。四回戦から始まったはずが、いつの間にか六回戦になり、A級ライセンスのボクサーになって、気がつけば、敦は二十歳になっていた。

「いつまでも、そんな危ないことして、平気なの？　大丈夫かねえ」

時折、おふくろが電話をかけてくる。新しい親父の愚痴をひとしきりこぼし、妹や弟の様子を伝えて、おふくろはひたすら、「こわい」を繰り返した。

「他に出来ることが、あるんじゃないの？　何もそんなこわいことしないだってさあ」

「俺には、他にないんだよ」

「そんなこと言って。ねえ、車の免許でもとってさあ、運転手にでもなったら。手に職をつけるっていうのは大切なことなんだから。どうなの、ねえ。おやめよ、ボクシングなんて、そんなこわいこと」

何年も会っていないおふくろの声を聞いても、敦はただ苛立つだけだった。危険だから、やっているのだ。すべてをぶつけたくて選んだのではないか。だが、それを言ったところで、おふくろに理解されるとも思えなかった。敦はひたすら四角いリングに上がって、目の前に迫ってくる敵を思い切り殴りたいのだ。そういう日々を続けるためなら、女も酒もいらなかった。

「今どき、珍しいよ。昔は色々と言ったもんだが、俺は別に、お前が女くらい作ったたって、文句を言うつもりはないんだがね」

時折、会長が不思議そうに言う。敦は曖昧に笑って見せるばかりだった。そしてまた一人でトレーニングに励む。シャドウボクシングをするときなどのために、ジムの壁に取りつけられている大きな鏡には、いつの間にか幼さを失い、むしろ実年齢よりも幾分老け込んで見える敦が映っていた。鍛え上げられた肉体は首筋からふくらはぎまで、全身を固そうな筋肉が覆っており、無駄な脂肪のひとかけらもついてはいない。印刷所で作業服を着ている時とは別人のように見えるその肉体を、敦は世の中の何よりも信じ、そして、慈しんでいた。

だが、敦の対戦成績は、決して優秀とは言い難かった。デビュー戦こそKO勝ちしたものの、その後は勝ったり負けたりで、世界への道は思うように開けてはいかない。とにかく、上位を狙っていきたい。少なくとも日本ランキングのトップテンに数えられたい。敦の夢は、それだけだった。年に四、五回程度の試合をこなし、その他の日々は、ひたすらトレーニングを続ける。敦の日々は、極めて静かなものだった。

事故が起きたのは、それから二年後のことだ。既に、すっかり大人の身体が出来上がっていた敦にとって、フライ級に留まることはもはや限界に近かった。だが、敦はフライ級にこだわっていた。一つクラスを上げてスーパー・フライ級になれば、減量の苦しみからも解放されると分かっていながら、同じクラスの上位にどうしても対戦したい相手がいたのだ。

ほとんど死ぬ思いで減量を続け、やっとのことで計量にパスしたのだが、その日の試合では身体の切れが悪く、足も重くてたまらなかった。

——おかしい。いつもと違う。

そう思い始めた時には遅かった。ゴングが鳴った直後に、敦は自分の肉体が、普段の状態と違うことに気づいた。思い通りに動かない。いつもなら、頭で判断する前に動くはずの筋肉が、奇妙にぎこちなく、固く感じられてならなかった。

相手との間合いをはかり、軽いジャブの応酬が始まったところで、あっと思う間もなく、顔面にストレートが入った。その途端、十分にトレーニングを積み、イメージ・トレーニングも万全だったはずなのに、敦の中に恐怖心が生まれた。

——やばい。

どうしたというのだ、いつも、こんなではないのにと思うと気持ちばかりが焦っていく。だが、敦の繰り出すパンチはほとんどが虚しく空を切るばかりで、対戦相手は見事な程に無傷だった。読まれている。動きの一つ一つが察知されているのだ。そう思うと、余計に怖くなった。リングが、逃げ場のない処刑場にさえ思えてきた。

「どうしたっていうんだ。いつものお前らしくないじゃないか。落ち着いていけ、左に回るんだ、回って、回って、回り込め！」

ようやくゴングが鳴ると、コーナーに引き上げるなり、トレーナーが激しい口調で言う。頷いてはいるものの、敦の耳には、何も届いてはいなかった。逃げたい。このまま、リングを下りたい。だが、ゴングが鳴る。

対戦相手は、将来は世界を狙えると噂されている、まだ敦より格下の少年だった。全身を汗で光らせながら、少年は敦の視界を、まるで嬉しくて仕方がないかのように飛び跳ねる。

――一発を狙う。

防戦一方で、何度もコーナーに攻め込まれながら、敦の下した結論が、それだった。最初のラウンドから、既に数え切れない程のパンチを受けて、視界はぐらぐら揺れっぱなしだ。最初から重かった足は、今や鉛のように感じられる。とにかく、これ以上、試合を長引かせたくはなかった。こうなったら、無理を覚悟で、相手の顔面を狙うしかない。顎だ。顎を狙う。

だが、トレーナーの指示だけでなく、自分自身で出している指令さえ、遠い霧の彼方から聞こえてくるように、ぼんやりと頼りないものだった。トレーナーが何か怒鳴っている。周囲の歓声が波のように全身を包み、リングを照らしているライトが、真夏の太陽のように目映く感じられた。自分の息づかいと、相手のグラブが鍛え上げたはずの肉体にぶつかる音ばかりが耳の中に響く。既に、レバーには相当なパンチを受けていた。身体がよじれるくらいに痛かった。

「落ち着け、落ち着け！　敦、回り込め！」

一体、自分が何をしているのかも分からなくなった八ラウンド目だった。急にはっきりと会長の声が聞こえた。はっと我に返ったその瞬間、相手の繰り出すパンチが、奇妙にゆっくり見えた。しめた、これなら完全に避け切れると思ったのに、その右フックは確実に、敦のテンプルを捉えた。その時、敦はバキリという、乾いた木の折れるような音を聞いた。頭上で輝いていた真夏の太陽が、すっと黒くなった。

——淋しかったんだ。ずっと。

誰かの声が聞こえた気がした。暑くも寒くもなく、全身のどこにも痛みがない。敦は、ゆっくりと目を開けた。

轟々と電車の通る音がした。薄暗いガード下に倒れている子どもがいる。

——助けてよ。怖いんだ。淋しいよ。

声は、少年から聞こえているようだった。敦は、そっと彼を眺めた。ふと、どうして自分はこんな場所にいるのだろうかと思ったが、前後のことが思い出せない。第一、ここは普段、敦がランニングで通るコースとはまるで違っている。それなのに、奇妙に懐かしい気もした。

「君、大丈夫か」

サラリーマン風の男が、少年に近づいていく。だが少年は、ふてくされたように起き上がり、差し伸べられた手を振り払った。

「余計なこと、するんじゃねえ！」

少年がかすれた声で怒鳴っている。だが、敦には聞こえていた。行かないで。傍にいて。どうして皆、離れていってしまうの――少年の心が軋み(きし)を上げている。

やがて少年は、とぼとぼと歩き始めた。敦は、どこかで見たことがあるような気のする少年を、ずっと追ってみた。薄汚れた街を歩く少年の後ろ姿は、ひどく淋しげで、全身が泣いているように見える。

――行くところがない。帰りたいのに。

少年の背中が呟いたとき、ぽつり、ぽつりと雨が降り始めた。いかん、こんな雨でも、減量には大敵になる。敦は急いで商店の庇の下に入り込み、雨を避けながら少年を見つめていた。少年は、金が欲しいらしい。強盗が無理なら、いっそのこと男娼にでもなろうかと考えている。

「羨ましいな」

思わず声をかけてみた。ぎらぎらと燃えるような、暗い瞳で少年は雨の向こうからこちらを見た。淋しくて、泣きたくて仕方がないくせに、人を憎むより外に知らない目をしている。

「喧嘩、かい」

「――え」

「その顔」

「――あ、相手が、でかいヤツで」

「知らない相手」

「職場の――新聞配達所の先輩」

「狙うんだったら、顎を狙うんだ」

そう。顎を狙え。一発を狙うんだ。顎は、鍛えようのない場所だから、破壊出来なくても、脳味噌に与えるダメージは相当なものだから。

――先生、何とかしてやってくださいよ。

遠くから会長の声が聞こえてきた。敦は、少年から目を離し、声のする方に意識を向けた。

――出来るだけのことは、やりました。ただ、本人の意識が戻らないことにはね。

知らない人間の声だ。会長が、敦を呼んだ。しっかりしろよ、気がついてくれよ――。

何を言っているんだろう。それにしても、ここは、どこなんだ。ぼんやりしている場合じゃない、顎、顎、顎を狙うんだ。

深い霧が立ちこめた世界をさまよっているようだった。気がつくと、さっき見た少年が、また誰かに殴られている。腹を蹴られ、倒れたところを、今度は顔まで踏まれて。

――助けて。助けて。

少年の心が、また悲鳴を上げていた。仕方がないな、どうして、素直に声に出さない。そうじゃなかったら、どうして自分から向かっていこうとしないんだ。

会長には止められているが、ここは仕方がないと思った。敦は、少年を踏みつけている男にすっと歩み寄り、ほんの軽い感じで、相手の顎にアッパーを繰り出した。べしっと、奇妙に乾いた音がした。その音が、敦の拳から全身に、そして、頭に響き、いつまでも消えることがなかった。

解説――呪いと自由の物語

朝宮運河

昨今の警察小説ブームの立役者となった『凍える牙』（一九九六年）や、前科持ち女性二人の交流を描いたヒューマンドラマ『いつか陽のあたる場所で』（二〇〇七年）、戦前の北海道を舞台にした感動巨編『地のはてから』（二〇一〇年）などの作品で知られる乃南アサは、ときに背筋の冷たくなるような怖い小説を書くことがある。

怖い、といっても幽霊やモンスターが襲いかかってくるような、ホラー映画的怖さではない。日常に潜んでいる狂気や悪意が、先の読めないストーリーとともに、じわじわとあぶり出されてくる、そんな種類の怖さである。

人には誰しもまっとうな社会生活を営むための〝表の顔〟のほかに、他人にはあまり知られたくはない〝裏の顔〟があるものだ。巧みなキャラクター造型をもとにした人間ドラマに定評ある乃南アサが、心のダークサイドに強い関心を示すのは、いわば当然のことだろう。家制度の闇をショッキングに描いた長編『暗鬼』（一九九三年）や、さまざまなサイコな愛のかたちを描いた短編集『夜離れ』（一九九八年）などの著作において、乃南アサはふとしたきっかけで表と裏のバランスを崩してしまう人間の危うさを、サスペンスフルな物語とともに描いてきた。

一九九九年に単行本が刊行された本書『軀　KARADA』も、そんな著者のダークな想像力が炸裂した心理サスペンスの逸品である。「臍（へそ）」「血流」「つむじ」「尻」「顎」と人体のパーツを表題に掲げる五つの収録作は、体に関わるコンプレックスや執着――いうならば体にまつわる〝呪い〟を描いているという共通点があり、それぞれ独立した短編でありながら、連作短編のような統一感を備えている。

神話やおとぎ話を例にあげるまでもなく、人が体に対して抱くさまざまな感情は、古来数多くの物語のテーマとなってきた（容貌の美醜や、体のサイズの大小に言及していない神話やおとぎ話を探す方が、むしろ難しいかもしれない）。

本書はそんな普遍的なテーマを、現代的な装いを凝らし、誰にとっても他人ごとではない恐怖譚として語り直している。古典的な題材も実力派作家の手にかかれば、こんなにもリアルでおそろしい心理サスペンスに生まれ変わるのか、と初読時には舌を巻いたものだ。

では本書で描かれているのはどんな〝呪い〟なのか。以下収録作について簡単な解説を加えていこう。物語の核心部分には触れないつもりだが、各話のあらすじを紹介することになるので未読の方はご注意いただきたい。

巻頭作「臍」は美容整形を扱った物語だ。四十五歳の主人公・愛子は高校二年生の次女・未菜子から、臍の整形手術を受けたいと相談される。縦長の細い臍でなければ、臍出しの服が着られないから、というのがその理由だ。同意してくれなければ援助交際するしかないと口にする未菜子に根負けし、愛子は都心のクリニックに同行する。ところがカウンセリングを担当した医師から目尻の小皺について指摘され、愛子はショックを受けるのだった。

若い頃は美人と言われていた愛子も、家事や育児に追われ、気がつけば「全身にたっぷりと脂肪を蓄えた中年女」になってしまった。その年齢相応の顔が、整形手術によって十歳は若返るというのだ。「家族の為だけに費やした時を、せめて、顔の上からだけでも消し去りたい」――。見合い結婚して以来、ひたすら夫を立てて生きてきた彼女は、娘たちの後押しもあって手術を受けることを決意する。

実年齢よりも若く見られたい、というのはいつの世も変わらぬ願いだろう。貯金を切り崩し、アンチエイジングの手術をくり返す愛子の行為は、決しておかしなものとはいえない。しかし物語が進行するにつれて、本当に大丈夫だろうか、という不安が兆してくる。愛子が若く美しくなればなるほど、破局の予感が大きくなっていく。このあたりの静かなサスペンスの醸成が実にうまい。

そして唐突に訪れるショッキングな幕切れ。あってもなくても構わないものを象徴する「臍」というタイトルを回収しながら、家族間のすれ違いを残酷に、奇妙なユーモアを漂わせながら描ききっている。

第二話「血流」の主人公は、女性の膝に異様なまでの執着を抱く会社員・文哉である。満員電車内で女性に体を擦り付けるという行為をくり返していた彼は逮捕され、妻の礼子は幼い一人息子を連れて実家に帰ってしまった。同居している文哉の母は、二週間も家を空けている嫁の態度をあげつらい、事情を話せない文哉は苦しい立場に置かれる。「血流」というタイトルは、文哉のこの性癖に由来している。会社と家庭を往復するだけの生活を送る文哉にとって、電車内で好みの膝をもった女性に接触することだけが、血の流れを感じられる唯一の行為だったのだ。

その行為が二度とできなくなり、砂をかむような生活を送っていた文哉は、ふとした偶然から、より激しい興奮をかき立てるものの存在に気づく。恍惚を求め、新たな犯罪に手を染めるようになった文哉を待ち受けている運命とは……。

まるで江戸川乱歩か谷崎潤一郎を思わせるアブノーマルな小説だが、鬱々とした嫁姑問題を盛り込むことで、より普遍性のある現代ミステリに仕立て上げている。文哉の行為にはまったく賛同できなくとも、退屈な日常からの出口を求めて足掻く彼の姿は、多くの読者にとって共感のできるものではないだろうか。悪人を単なる悪と片付けない、乃南アサの人間観がよく出ている異色の犯罪小説で、「臍」と同様に、バッドエンドともハッピーエンドともつかない、なんとも印象的な幕切れが用意されている。

続く「つむじ」で扱われているのは、多くの読者（とりわけ男性読者）にとって他人ごとではない、頭髪にまつわるコンプレックスだ。二十七歳の会社員・将生の悩みは髪の毛が薄いこと。つむじが四つあるという珍しい体質のために、ただでさえ少ない髪の毛がますます薄く見えてしまう。

将生には菊香という年上の恋人がいるが、三十歳までは身軽でいたいと思っている彼は、のらりくらりとプロポーズを先延ばししている。しかし「はげちまったら、それどころじゃない」「誰からも相手にしてもらえない」と将生は思い悩む。そんなある日、製薬会社に勤めている先輩から朗報がもたらされた。

今日では病院で薄毛の治療を受けることが一般的になっているが、この作品が書かれた一九九〇年代当時はまだそうした状況になかった。とはいえ「はげ始めていることに気づかれる前に、やはり結婚してしまった方が良いだろうか」と打算を働かせ、「丸坊主になっている営業マンなど、会社が喜ぶとも思えない」と真剣に考える将生は、薄毛はみっともない、という価値観にこだわりすぎている。

ビターな味わいの結末において、将生はさまざまなものを失った。ある意味因果応報のラストなのだが、見方を変えれば彼もまた呪いの犠牲者であり、責めたり笑ったりするのは酷な気がする。

第四話「尻」はアンチエイジング、増毛と並んで、常に世間の関心を集めるダイエットがモチーフとなっている。雪国の中学校を卒業後、東京の私立高校に進学した弘恵は学生寮に入り新生活をスタートさせる。ところが東京での日々は楽しさよりも、彼女に過度な緊張を強いるものだった。同級生たちはお洒落で大人びており、地元ではそれなりに垢抜けていたはずの弘恵のプライドを打ち砕く。両親が手を尽くして彼女を裏口入学させたという事実も、同級生との溝を深めていくのだった。東京になじめない。かといって故郷にも帰りたくない。この自尊心と劣等感の入り交じった弘恵の心の揺れ動きが、本作の読みどころのひとつである。

なんとか高校生活になじもうと努力する弘恵だったが、浴室で年上の寮生からお尻が大きい、シェイプアップした方がいいと言われ、自分の体型について初めて気にするようになる。そして孤独な心を埋めるように、極端なダイエットに打ち込みはじめる。

そこから先の展開は、壮絶の一言だ。瘦せているイコール魅力的、という呪いに取り憑かれた弘恵が破滅の淵へと歩を進めていく展開はサスペンス味が満載であり、胸をかき乱されるような恐ろしさがある。人間心理のダークサイドを生々しい筆致で描いた、乃南流心理サスペンスの佳品といえるだろう。

第五話「顎」の主人公は故郷の町を捨て、単身東京に出てきた敦。しかし知り合いもない大都会で、中学卒業間もない彼が生きていくのは容易なことではなかった。行く先々で殴られ、虐げられる彼の胸のうちには、社会と自らの境遇への怒りがふつふつと沸き立っている。

ある雨の夜、新聞配達所の先輩に殴られ道端に座り込んでいた敦の前に、フードをかぶった男が現れてこうアドバイスする。「狙うんだったら、顎を狙うんだ」。ミステリアスな男との出会いをきっかけに、もっと強くなりたいと思った敦は、ボクシングジムの門を叩く。

本書収録の五編はいずれも、世の中に居場所を見つけられない人びとの孤独を描いているが、「顎」はひときわ孤独の影が濃い。魂を癒やすために肉体を鍛えあげ、相手ボクサーの顎を殴ることで未来を手にしようとする敦。その短い夢のような人生を、ファンタジックな要素を交えながら描いていく。

他の四編に比べてサスペンス色がやや薄い代わりに（もっとも結末では意外な事実が明かされ、物語をより印象的なものにしている）、肉体の呪縛というテーマがストレートに表現されており、本書のしめくくりにふさわしい一作となっている。


冒頭にも書いたとおり、本書は怖い本である。

主人公たちは呪いによってそれまでの平穏な暮らしを失い、後戻りのできない地点まで押し流されてしまう。この怖さは町中やネットの広告で、日々浴びるように体にまつわる呪いの言葉（痩せましょう、脱毛しましょう、美白になりましょう、体を鍛えましょう、髪を増やしましょう……等々）に触れている私たちにとっても、決して無縁のものではない。

しかし、ここが実に乃南アサらしいところなのだが、本書は単に「体にまつわる呪いって怖いよね」ということを訴えかけるだけの小説でもないのである。

たとえば「臍」の主人公・愛子が手術を受けたのは「幸せ」になりたかったからであり、手術後はきれいになったと褒められて「天にも昇る心地」を味わう。「尻」の弘恵がダイエットに励むのは、異性の目を気にしてというより、「自分の自由になることなど、何一つとしてないような気がした。残された自由はただ一つ、自分の肉体そのものだ」という思いからである。彼女たちにとって体への異様なこだわりは、幸福や自由に通じている道なのだ。たとえその試みが失敗に終わったとしても、彼女たちの姿が生き生きとして幸せそうなのは、誰にも否定できないことだろう。

本書は体によってもたらされるさまざまな不自由や不幸を描く一方で、体を通してしか得られない自由や恍惚もまた忘れずに描いている。プラスとマイナス、そのせめぎ合いの中で浮かんでくるのは不可解で、だからこそ興味の尽きない人間のありようだ。本書がぞっとするような怖さとともに、静かな力強さを感じさせるのは、おそらくこのまなざしに理由がある。

本書は一九九〇年代末の世相を反映しており、キャラクターの価値観や発言には時代の流れを感じさせる部分がある。たとえば一時マスコミを騒がせた援助交際という言葉は今日あまり聞かれなくなったし、女性のショッピングに男性が付き合うのも当たり前のことになっている。

しかし本書の面白さと衝撃は、刊行から二十二年が経った今もまったく薄れてはいない。むしろルッキズム（外見至上主義）という言葉が世界的に注目されるようになった時代だからこそ、体に呪われた五人の物語は、また新たな光を放っているようにも思われるのだ。
優れた小説は時間などやすやすと飛び越える。深くて広い人間観に裏打ちされた本書が、そのことを見事に証明している。

（書評家）

単行本　一九九九年九月　文藝春秋刊
本書は二〇〇二年に刊行された文春文庫の新装版です。
DTP制作　言語社

文春文庫

躯（からだ） KARADA

定価はカバーに表示してあります

2021年12月10日　新装版第1刷

著　者　乃南（のなみ）アサ

発行者　花田朋子
発行所　株式会社 文藝春秋

東京都千代田区紀尾井町 3-23　〒102-8008
TEL 03・3265・1211㈹
文藝春秋ホームページ　http://www.bunshun.co.jp

落丁、乱丁本は、お手数ですが小社製作部宛お送り下さい。送料小社負担でお取替致します。

印刷製本・凸版印刷

Printed in Japan
ISBN978-4-16-791803-3

（　）内は解説者。品切の節はご容赦下さい。

貫井徳郎
追憶のかけら
失意の只中にある松嶋は、物故作家の未発表手記を入手するが、彼の行く手には得体の知れない悪意が横たわっていた。二転三転する物語の結末は？　著者渾身の傑作巨篇。（池上冬樹）
ぬ-1-2

貫井徳郎
空白の叫び（全三冊）
外界へ違和感を抱く少年達の心の叫びは、どこへ向かうのか。殺人を犯した中学生たちの姿を描き、少年犯罪に正面から取り組んだ、驚愕と衝撃のミステリー巨篇。（羽住典子・友清　哲）
ぬ-1-4

貫井徳郎
壁の男
北関東の集落の家々の壁に絵を描き続ける男。彼自身は語らないが、「私」が周辺取材をするうちに男の孤独な半生と悲しい真実が明らかに。読了後、感動に包まれる傑作。（末國善己）
ぬ-1-8

乃南アサ
紫蘭の花嫁
謎の男から逃亡を続けるヒロイン、三田村夏季。同じ頃、神奈川県下で連続婦女暴行殺人事件が……。追う者と追われる者の心理が複雑に絡み合う、傑作長篇ミステリー。（谷崎　光）
の-7-1

乃南アサ
暗鬼
嫁いだ先は大家族。温かい人々に囲まれ何不自由ない生活が始まったが……。一見理想的な家に潜む奇妙な謎に主人公が気付いた時、呪われた血の絆が闇に浮かび上がる。（中村うさぎ）
の-7-3

乃南アサ
水の中のふたつの月
偶然再会したかつての仲良し三人組。過去の記憶がよみがえるとき、あの夏の日に封印された暗い秘密と、心の奥の醜さが姿をあらわす。人間の弱さと脆さを描く心理サスペンス・ホラー。
の-7-5

乃南アサ
自白　刑事・土門功太朗
事件解決の鍵は、刑事の情熱と勘、そして経験だ——。昭和の懐かしい風俗を背景に、地道な捜査で犯人ににじり寄っていく刑事・土門功太朗の渋い仕事っぷりを描いた連作短篇集。
の-7-9

早坂 吝（やぶさか）
ドローン探偵と世界の終わりの館
ドローン遣いの名探偵、飛鷹六騎が挑むのは奇妙な連続殺人。廃墟ヴァルハラで繰り広げられる命がけの知恵比べとは？　定石破りの天才が贈る、意表を突く傑作ミステリ。（細谷正充）
は-56-1

東野圭吾
秘密
妻と娘を乗せたバスが崖から転落。妻の葬儀の夜、意識を取り戻した娘の体に宿っていたのは、死んだ筈の妻だった。日本推理作家協会賞受賞。（広末涼子・皆川博子）
ひ-13-1

東野圭吾
予知夢
十六歳の少女の部屋に男が侵入し、母親が猟銃を発砲。逮捕された男は、少女と結ばれる夢を十七年前に見たという。天才物理学者が事件を解明する、人気連作ミステリー第二弾。（三橋　暁）
ひ-13-3

東野圭吾
ガリレオの苦悩
〝悪魔の手〟と名乗る人物から、警視庁に送りつけられた怪文書。そこには、連続殺人の犯行予告と、湯川学を名指しで挑発する文面が記されていた。ガリレオを標的とする犯人の狙いは？
ひ-13-8

東野圭吾
真夏の方程式
夏休みに海辺の町にやってきた少年と、偶然同じ旅館に泊まることになった湯川。翌日、もう一人の宿泊客の死体が見つかった。これは事故か殺人か。湯川が気づいてしまった真実とは？
ひ-13-10

東野圭吾
虚像の道化師
ビル五階の新興宗教の道場から、信者の男が転落死した。教祖は自分が念を送って落としたと自首してきたが…。天才物理学者・湯川と草薙刑事のコンビが活躍する王道の短編全七作。
ひ-13-11

東野圭吾
禁断の魔術
姉を見殺しにされ天涯孤独となった青年。ある殺人事件の被害者と彼の接点を知った湯川は、高校の後輩にして愛弟子だった彼のある〝企み〟に気づくが…。ガリレオシリーズ最高傑作！
ひ-13-12

（　）内は解説者。品切の節はご容赦下さい。

魔法使いは完全犯罪の夢を見るか？
東川篤哉
殺人現場に現れる謎の少女は、実は魔法使いだった!? 婚活中の女警部、ドMな若手刑事といった愉快な面々と魔法の力で事件を解決する人気ミステリーシリーズ第一弾。（中江有里）
ひ-23-2

魔法使いと刑事たちの夏
東川篤哉
切れ者だがドMの刑事、小山田聡介の家に住み込む家政婦マリィは、実は魔法使い。魔法で犯人が分かっちゃったけど、どうやって逮捕する？　キャラ萌え必至のシリーズ第二弾。
ひ-23-3

さらば愛しき魔法使い
東川篤哉
八王子署のヘタレ刑事・聡介の家政婦兼魔法使いのマリィは、数々の難解な事件を解決してきた。そんなマリィの秘密を、オカルト雑誌が嗅ぎつけた？　急展開のシリーズ第三弾。
ひ-23-4

テロリストのパラソル
藤原伊織
爆弾テロ事件の容疑者となったバーテンダーが、過去と対峙しながら事件の真相に迫る。乱歩賞&直木賞をダブル受賞した不朽の名作。逢坂剛・黒川博行両氏による追悼対談を特別収録。
ふ-16-7

ビッグデータ・コネクト
藤井太洋
官民複合施設のシステムを開発するエンジニアが誘拐された。サイバー捜査官とはぐれ者ハッカーのコンビが個人情報の闇に挑む。今そこにある個人情報の危機を描く21世紀の警察小説。
ふ-40-1

バベル
福田和代
ある日突然、悠希の恋人が高熱で意識不明となってしまう。感染爆発が始まった原因不明の新型ウイルスに、人間が立ち向かう術はあるのか？　近未来の日本を襲うバイオクライシスノベル。
ふ-45-1

妖（あやかし）の華
誉田哲也
ヤクザに襲われたヒモのヨシキが、妖艶な女性・紅鈴に助けられたのと同じ頃、池袋で、完全に失血した謎の死体が発見された——。人気警察小説の原点となるデビュー作。（杉江松恋）
ほ-15-2

（　）内は解説者。品切の節はご容赦下さい。

松本清張
風の視線（上下）
津軽の砂の村、十三潟の荒涼たる風景は都会にうごめく人間の心を映していた。愛のない結婚から愛のある結びつきへ。〝美しき囚人〟亜矢子をめぐる男女の憂愁のロマン。（権田萬治）
ま-1-17

松本清張
事故　別冊黒い画集(1)
村の断崖で発見された血まみれの死体。五日前の東京のトラック事故。事件と事故をつなぐものは？　併録の「熱い空気」はTVドラマ「家政婦は見た！」第一回の原作。（酒井順子）
ま-1-109

松本清張
強き蟻
三十歳年上の夫の遺産を狙う沢田伊佐子のまわりには、欲望にとりつかれ蟻のようにうごめきまわる人物たちがいる。男女入り乱れ欲望が犯罪を生み出すスリラー長篇。（似鳥　鶏）
ま-1-132

松本清張
疑惑
海中に転落した車から妻は脱出し、夫は死んだ。妻・鬼塚球磨子が殺ったと事件を扇情的に書き立てる記者と、国選弁護人の闘いをスリリングに描く。「不運な名前」収録。（白井佳夫）
ま-1-133

松本清張
遠い接近
赤紙一枚で家族と自分の人生を狂わされた山尾信治。その裏に隠されたカラクリを知った彼は、復員後、召集令状を作成した兵事係を見つけ出し、ある計画に着手した。（藤井康榮）
ま-1-135

麻耶雄嵩
隻眼の少女
隻眼の少女探偵・御陵みかげは連続殺人事件を解決するが、18年後に再び悪夢が襲う。日本推理作家協会賞と本格ミステリ大賞をダブル受賞した、超絶ミステリの決定版！（巽　昌章）
ま-32-1

麻耶雄嵩
さよなら神様
「犯人は○○だよ」。鈴木の情報は絶対に正しい。やつは神様なのだから。冒頭で真犯人の名を明かす衝撃的な展開と後味の悪さが話題の超問題作。本格ミステリ大賞受賞！（福井健太）
ま-32-2

文春文庫　最新刊

満月珈琲店の星詠み ～ライオンズゲートの奇跡～　画・桜田千尋　望月麻衣
海王星の遣い・サラがスタッフに。人気シリーズ第3弾

約束　葉室麟
高校生らが転生し、西南戦争に参加⁉　未発表傑作長編

神と王　亡国の書　浅葉なつ
彼は国の宝を託された。新たな神話ファンタジー誕生！

上野―会津　百五十年後の密約　十津川警部シリーズ　西村京太郎
「戊辰百五十年の歴史を正す者」から届いた脅迫状とは

未だ行ならず　上下　空也十番勝負(五)決定版　佐伯泰英
空也は長崎で、薩摩酒匂一派との最終決戦に臨むことに

耳袋秘帖　**南町奉行と深泥沼**　風野真知雄
旗本の屋敷の池に棲む妙な生き物。謎を解く鍵は備中に

凶状持　新・秋山久蔵御用控（十二）　藤井邦夫
博奕打ちの貸し元を殺して逃げた伊佐吉が、戻ってきた

ゆうれい居酒屋　山口恵以子
新小岩の居酒屋・米屋にはとんでもない秘密があり……

ダンシング・マザー　内田春菊
ロングセラー『ファザーファッカー』を母視点で綴る！

玉蘭〈新装版〉　桐野夏生
仕事も恋人も捨てて留学した有子の前に大伯父の幽霊が

軀　KARADA〈新装版〉　乃南アサ
膝、髪、尻……体に執着する恐怖を描く、珠玉のホラー

山が見ていた〈新装版〉　新田次郎
夫を山へ行かせたくない妻が登山靴を隠した結末とは？

ナナメの夕暮れ　若林正恭
極度の人見知りを経て、おじさんに。自分探し終了宣言

還暦着物日記　群ようこ
着物を愛して四十年の著者の和装エッセイ。写真も満載

江戸　うまいもの歳時記　青木直己
『下級武士の食日記』著者が紹介する江戸の食材と食文化

頼朝の時代　一一八〇年代内乱史〈学藝ライブラリー〉　河内祥輔
平家、義経が敗れ、頼朝が幕府を樹立できたのはなぜか